Sir Arthur Conan Doyle

(1859-1930)

Sir Arthur Conan Doyle nasceu em Edimburgo, na Escócia, em 1859. Formou-se em Medicina pela Universidade de Edimburgo em 1885, quando montou um consultório e começou a escrever histórias de detetive. *Um estudo em vermelho*, publicado em 1887 pela revista *Beeton's Christmas Annual*, introduziu ao público aqueles que se tornariam os mais conhecidos personagens de histórias de detetive da literatura universal: Sherlock Holmes e dr. Watson. Com eles, Conan Doyle imortalizou o método de dedução utilizado nas investigações e o ambiente da Inglaterra vitoriana. Seguiram-se outros três romances com os personagens, além de inúmeras histórias, publicadas nas revistas *Strand*, *Collier's* e *Liberty* e posteriormente reunidas em cinco livros. Outros trabalhos de Conan Doyle foram frequentemente obscurecidos por sua criação mais famosa, e, em dezembro de 1893, ele matou Holmes (junto com o vilão professor Moriarty), tendo a Áustria como cenário, no conto "O problema final" (*Memórias de Sherlock Holmes*). Holmes ressuscitou no romance *O cão dos Baskerville*, publicado entre 1902 e 1903, e no conto "A casa vazia" (*A ciclista solitária*), de 1903, quando Conan Doyle sucumbiu à pressão do público e revelou que o detetive conseguira burlar a morte. Conan Doyle foi nomeado cavaleiro em 1902 pelo apoio à política britânica na guerra da África do Sul. Morreu em 1930.

Livros do autor na Coleção **L&PM** POCKET

Aventuras inéditas de Sherlock Holmes
O cão dos Baskerville
A ciclista solitária e outras histórias
Dr. Negro e outras histórias
Um escândalo na Boêmia e outras histórias
Um estudo em vermelho
A juba do leão e outras histórias
Memórias de Sherlock Holmes
A nova catacumba e outras histórias
Os seis bustos de Napoleão e outras histórias
O signo dos quatro
O solteirão nobre e outras histórias
O último adeus de Sherlock Holmes
O vampiro de Sussex e outras histórias
O Vale do Terror

ARTHUR CONAN DOYLE

O Vale do Terror

Tradução de Irene Hirsch

www.lpm.com.br

L&PM POCKET

Coleção **L&PM** POCKET, vol. 136

Texto de acordo com a nova ortografia.
Título original: *The Valley of Fear*

Primeira edição na Coleção **L&PM** POCKET: outubro de 1998
Esta reimpressão: março de 2019

Tradução: Irene Hirsch
Capa: Ronaldo Alves
Revisão: Bianca Pasqualini, Renato Deitos e Rosélis Maria Pereira

ISBN 978-85-254-0957-7

D754v Doyle, Arthur Conan, *Sir*, 1859-1930
O Vale do Terror / Arthur Conan Doyle; tradução de Irene Hirsch. – Porto Alegre: L&PM, 2019.
208 p. ; 18 cm – (Coleção L&PM POCKET)

1. Ficção inglesa policial. I. Título. II. Série.

CDD 823.872
CDU 820-312.4

Catalogação elaborada por Izabel A. Merlo, CRB 10/329.

Rua Comendador Coruja, 314, loja 9 – Floresta – 90.220-180
Porto Alegre – RS – Brasil / Fone: 51.3225.5777

Pedidos & Depto. Comercial: vendas@lpm.com.br
Fale conosco: info@lpm.com.br
www.lpm.com.br

Impresso no Brasil
Verão de 2019

Sumário

PARTE 1
A tragédia de Birlstone

CAPÍTULO 1

O AVISO

– Estou inclinado a pensar... – disse eu.

– É melhor assim – observou Sherlock Holmes, impaciente.

Acho que sou um mortal dos mais tranquilos, mas admito que me aborreci com aquela interrupção sarcástica.

– Ora, Holmes – disse eu, sério –, às vezes você é um tanto irritante.

Ele estava absorto demais em seus próprios pensamentos para dar uma resposta imediata à minha reprimenda. Apoiou-se sobre a mão, com o café da manhã intacto diante de si, e olhou fixamente para o pedaço de papel que acabara de tirar do envelope. Pegou então o envelope, colocou-o contra a luz e examinou com cuidado o seu exterior e a aba.

– A letra é de Porlock – disse ele, pensativo. – Não tenho dúvidas de que é a letra de Porlock, apesar de tê-la visto só duas vezes. O *e* grego com o estranho enfeite em cima é característico. Mas, se for Porlock, o assunto deve ser de máxima importância.

Falava sozinho, não comigo, mas minha irritação sumiu diante do interesse que suas palavras suscitaram.

– Afinal de contas, quem é Porlock? – perguntei.

– Porlock, Watson, é um *nom-de-plume*, uma marca de identificação, atrás da qual encontra-se uma personalidade enganadora e evasiva. Numa carta anterior ele me informou explicitamente que esse não era seu nome e desafiou-me a encontrá-lo na enorme multidão desta grande cidade. Porlock é importante não por si mesmo, mas devido ao notável homem com quem mantém contato. Imagine o peixe-piloto com o tubarão, o chacal com o leão... qualquer coisa insignificante na companhia de algo formidável: não apenas formidável, Watson, mas sinistro... sinistro no mais alto grau. É aí que ele entra no meu campo de ação. Você já me ouviu falar sobre o professor Moriarty?

– O famoso criminoso cientista, tão famoso entre os ladrões que...

– Que ultraje, Watson! – murmurou Holmes, com uma voz contrariada.

– Eu ia dizer que ele não é conhecido do público.

– Um sinal! Um sinal visível! – exclamou Holmes. – Você está desenvolvendo um certo tipo de pendor inesperado para o humor ardiloso, Watson, contra o qual tenho de aprender a me precaver. Mas ao chamar Moriarty de criminoso, você o está difamando aos olhos da lei... eis a glória e o prodígio disso! O maior armador de todos os tempos, o organizador de tudo o quanto é diabólico, o cérebro controlador do submundo, um cérebro que poderia ter criado ou prejudicado o destino de nações... eis o homem! Mas está tão longe de qualquer suspeita, é tão imune às críticas, é tão admirável na sua esperteza e dissimulação que essas mesmas palavras que você proferiu poderiam arrastá-lo à corte e fazer com que tivesse de lhe pagar uma pensão anual como indenização por difamar a sua pessoa. Não é o célebre autor de *A dinâmica de um asteroide*, livro que vai às estratoferas da matemática pura e sobre o qual se diz não existir nenhum homem na imprensa científica capaz de criticá-lo? É um homem que se possa caluniar? Médico difamador e professor caluniado... tais seriam seus respectivos papéis! Isso é brilhante, Watson.

Mas se os homens inferiores me pouparem, o nosso dia chegará com certeza.

– Que eu esteja lá para ver! – exclamei, com sinceridade. – Mas você falava daquele homem, Porlock.

– Ah, sim... o dito Porlock é um elo na corrente, a pouca distância da grande conexão. Porlock não é um elo muito seguro... cá para nós. Ele é a única parte frágil da corrente que pude pôr à prova.

– Mas nenhuma corrente é mais forte do que seu elo mais fraco.

– Exato, meu caro Watson! Por isso a importância capital de Porlock. Movido por aspirações rudimentares para o bem e incentivado pelo estímulo judicioso de uma eventual nota de dez libras, uma ou duas vezes adiantou-me informações que se mostraram valiosas... tão valiosas quanto as que antecipam e impedem o crime em vez de puni-lo. Não duvido de que se tivéssemos a chave do código, veríamos que este comunicado é dessa natureza.

Mais uma vez Holmes alisou o papel sobre o prato intacto. Levantei-me e, inclinando-me sobre ele, olhei para a curiosa inscrição, que dizia o seguinte:

“534 C2 127 36 31 4 17 21 41
DOUGLAS 109 293 5 37 BIRLSTONE
26 BIRLSTONE 9 127 171”

– O que é que você entende por isso, Holmes?

– Obviamente, trata-se de uma tentativa de transmitir alguma informação secreta.

– Mas qual é a utilidade de uma mensagem cifrada sem a chave do código?

– Neste caso, nenhuma.

– Por que você diz “neste caso”?

– Porque há muitas chaves que eu leria com a mesma facilidade com que leio anúncios apócrifos na seção de pessoas desaparecidas: esses expedientes toscos entretêm a inteligência sem cansá-la. Isto, porém, é diferente. Trata-se, claro, de uma referência às palavras da página de um livro. Enquanto eu não souber qual a página e qual o livro, nada posso fazer.

– Mas por que "Douglas" e "Birlstone"?

– Claro que é porque essas palavras não estavam na página em questão.

– Então por que ele não indicou o livro?

– Sua astúcia natural, meu caro Watson, a perspicácia inata que deleita seus amigos, seguramente impediria você de colocar a chave e a mensagem cifrada no mesmo envelope. Se caísse em mãos erradas, você estaria perdido. Dessa forma, ambas têm de extraviar-se para que suceda algum mal. O segundo carteiro está atrasado, e eu ficaria surpreso se ele não nos trouxesse uma outra carta com explicações, ou, o que é mais provável, o próprio livro ao qual estes números se referem.

A conjetura de Holmes realizou-se em poucos minutos, com o surgimento de Billy, o criado, trazendo a carta que esperávamos.

– A mesma caligrafia – observou Holmes, ao abrir o envelope – e, de fato, assinada – acrescentou, exultante, ao desdobrar a epístola. – Estamos avançando, Watson.

Porém, seu rosto anuviou-se ao ver o conteúdo.

– Puxa vida! Que decepção! Receio, Watson, que todas as nossas expectativas se frustraram. Acredito que o nosso homem Porlock não fará nada.

"Prezado sr. Holmes:

Não continuarei com este assunto. É perigoso demais... ele suspeita de mim. Sei disso. Aproximou-se inesperadamente depois de eu ter colocado o endereço neste envelope com a intenção de enviar-lhe a chave da mensagem cifrada. Consegui escondê-lo. Se ele o tivesse visto, eu teria tido sérios problemas. Mas percebo suspeita em seus olhos. Por favor, queime a mensagem cifrada, que agora de nada lhe serve.

FRED PORLOCK."

Holmes ficou sentado por algum tempo, enrolando a carta com os dedos e franzindo as sobrancelhas, enquanto olhava para o fogo.

– Afinal – disse, por fim – pode não ser nada. Pode ser apenas sua consciência pesada. Sabendo-se um traidor, deve ter percebido a acusação nos olhos do outro.

– O outro, presumo, é o professor Moriarty.

– Ninguém menos do que ele! Quando alguém daquele grupo fala sobre *ele*, sabe-se logo a quem se refere. Há um *ele* predominante para todos.

– Mas o que ele pode fazer?

– Hum! Eis uma questão importante! Quando você tem um dos cérebros mais brilhantes da Europa contra você e todas as forças das trevas a apoiá-lo, as possibilidades são infinitas. De qualquer modo, é evidente que o nosso amigo Porlock está morrendo de medo... Tenha a bondade de comparar a caligrafia do bilhete com a do envelope, que foi endereçado, como ele nos disse, antes daquela visita de mau agouro. Uma é clara e firme. A outra mal se pode ler.

– Por que então escreveu? Por que não abandonou o assunto?

– Porque temia que eu o procurasse sobre o caso, e isso talvez lhe trouxesse problemas.

– Sem dúvida – disse eu. – Claro.

Peguei a mensagem cifrada original e comecei a examiná-la.

– É enlouquecedor pensar que um importante segredo pode estar neste pedaço de papel, e que está fora do alcance humano desvendá-lo.

Sherlock Holmes tinha afastado seu café da manhã, sem tocá-lo, e acendeu o desagradável cachimbo, seu companheiro nas horas de meditações profundas.

– Eu gostaria de saber! – disse ele, recostando-se e olhando para o teto. – Talvez haja alguns pontos que escaparam ao seu raciocínio maquiavélico. Consideremos o problema à luz da razão pura. Esse homem faz referência a um livro. Esse é o nosso ponto de partida.

– Um tanto vago.

– Vamos ver se conseguimos restringi-lo um pouco. À medida que concentro meu pensamento, parece-me menos impenetrável. Que indicações temos sobre tal livro?

– Nenhuma.

– Ora, ora! Na verdade, isso não é tão mau assim. A mensagem cifrada começa com um grande 534, não é? Podemos partir da hipótese de que 534 é a página específica à qual a mensagem cifrada se refere. Então se trata de um livro grande, o que já é alguma coisa. Que outras indicações temos sobre a natureza dele? O próximo sinal é C2. O que você acha, Watson?

– Capítulo dois, sem dúvida.

– Pouco provável, Watson. Você há de concordar comigo, com toda a certeza, que, se a página já foi revelada, não há necessidade do número do capítulo. Além disso, se a página 534 for do capítulo dois, o tamanho do primeiro capítulo deve ser de fato intolerável.

– Coluna! – gritei.

– Brilhante, Watson. Você está esplêndido esta manhã. Se não for a coluna, eu ficaria muito decepcionado. Então, agora, veja bem, começamos a visualizar um livro grande, impresso em duas colunas, cada uma das quais de um comprimento considerável, visto ser uma das palavras do documento descrita como a de número 293. Será que chegamos ao limite do poder da razão?

– Receio que sim.

– Com toda certeza, isso não faz jus à sua capacidade. Mais um lampejo, meu caro Watson... mais uma ideia brilhante! Se fosse um livro raro, ele o teria enviado para mim. Em vez disso, ele tinha a intenção, antes que seus planos fossem interrompidos, de enviar-me a chave do código neste envelope. Ele diz isso no bilhete. Isso parece indicar que se trata de um livro que ele supôs ser fácil de ser encontrado. Ele o tem... e imaginou que eu também o teria. Em suma, Watson, é um livro muito comum.

– É certo que o que você diz parece plausível.

– Portanto, reduzimos o nosso campo de pesquisa a um livro grande, impresso em duas colunas e popular.

– A Bíblia! – gritei, triunfante.

– Muito bem, Watson, muito bem! Mas, se me permite dizer, não é uma ideia tão boa assim! Mesmo se fosse minha, eu não poderia pensar num livro menos provável de estar à mão dos associados de Moriarty. Além disso, as edições do Livro Sagrado são tão numerosas que ele não poderia imaginar que dois exemplares teriam a mesma paginação. Trata-se, claro, de um livro padronizado. Ele tem certeza que a página 534 dele coincidirá com a minha.

– Mas pouquíssimos livros têm essa correspondência.

– Exato. Nisso consiste a nossa salvação. Nossa busca se reduz a livros padronizados que supostamente qualquer pessoa possa ter.

– O *Bradshaw*!*

– Há certas dificuldades, Watson. O vocabulário do *Bradshaw* é poderoso e conciso, mas limitado. A seleção

---

* Abreviação de *Bradshaw Railway Guide*, guia de trens da Grã-Bretanha. (N.T.)

de palavras dificilmente serviria para o envio de mensagens em geral. Vamos eliminar o *Bradshaw*. O dicionário, receio, é inadmissível pelo mesmo motivo. O que resta, então?

– Um almanaque!

– Excelente, Watson! Muito me engano se você não acertou em cheio. Um almanaque! Vamos examinar as características do *Almanaque Whitaker*. É popular. Tem o número necessário de páginas. É impresso em duas colunas. Ainda que tivesse um modesto vocabulário nas primeiras edições, se bem me lembro, tornou-se prolixo com o tempo – disse, apanhando o volume sobre a mesa. – Aqui está a página 534, coluna dois, e vejo um considerável bloco de informações sobre o comércio e os recursos da Índia britânica. Anote as palavras, Watson. O número treze é "Mahratta". Receio que não seja um começo muito auspicioso. O número 127 é "governo", que ao menos faz sentido, embora seja um tanto irrelevante para nós e para o professor Moriarty. Vamos tentar outra vez. O que faz o governo de Mahratta? Pobre de mim! A palavra seguinte é "cerda". Nada feito, meu bom Watson! Basta!

Ele falara em tom de gracejo, mas as contrações da sua sobrancelha cerrada mostravam sua decepção e irritação. Fiquei ali sentado, desamparado e infeliz, olhando para o fogo. O longo silêncio foi quebrado por uma súbita exclamação de Holmes, que correu em direção ao armário, do qual voltou com um segundo volume de capa amarela nas mãos.

– Pagamos o preço por sermos tão avançados, Watson! – exclamou. – Estamos à frente de nosso tempo e sofremos punições por isso. Por estarmos no dia 7 de janeiro, pegamos, com toda propriedade, o novo almanaque. É bem provável que Porlock tenha feito a mensagem com um almanaque mais velho. Sem dúvida teria nos informado, se tivesse escrito a carta com as explicações. Vejamos então o que nos reserva a página 534. O número treze é *Há*, o que é muito mais promissor. O número 127 é *um*... *Há um* – os olhos de Holmes brilhavam de agitação, e os seus dedos finos e nervosos tremiam enquanto ele contava as palavras. – *Perigo*. Ah! Ah! Bravo! Anote aí, Watson. *Há um perigo... pode... acontecer... muito... breve... alguém*. Depois temos o nome *Douglas*, *rico... campo... agora... em... Birlstone... mansão... Birlstone... segredo... é... urgente*. Aí está, Watson! O que você acha da razão pura e de seus frutos? Se a quitanda vendesse coroas de louros, eu mandaria Billy buscar uma.

Enquanto ele decifrava, fiquei olhando para a estranha mensagem que eu rabiscara numa folha de papel ofício sobre o meu joelho.

– Que jeito estranho e confuso de se expressar! – disse eu.

– Muito pelo contrário! Ele fez muito bem – disse Holmes. – Quando se procuram as palavras para se expressar numa única coluna, não se consegue achar tudo o que se deseja. Há que se deixar alguma coisa para a inteligência do seu correspondente. O sentido está bem claro. Existe alguma crueldade planejada contra um certo Douglas, seja ele quem for, um rico cavalheiro que reside no campo, como disse. Ele tem certeza – *segredo* foi o mais próximo de *secreto* que conseguiu – de que o assunto é urgente. Eis o nosso resultado... e foi uma análise bastante trabalhosa!

Holmes sentia a alegria impessoal de um verdadeiro artista diante de sua melhor obra, mesmo quando estava bem abaixo do nível a que ele aspirava. Ainda regozijava-se do sucesso quando Billy abriu a porta e o inspetor MacDonald, da Scotland Yard, entrou na sala.

Estávamos ainda naqueles tempos de outrora, perto do final dos anos 1880, quando Alec MacDonald estava longe de ter a fama nacional que obteve depois. Apesar de jovem, era um membro de confiança do grupo de detetives, destacando-se em vários dos casos que lhe tinham sido confiados. Sua figura alta e esquelética prometia uma força física excepcional, enquanto a cabeça grande e os olhos fundos e brilhantes claramente revelavam a inteligência ferina que cintilava por detrás das grossas sobrancelhas. Era um homem calmo, meticuloso, de natureza obstinada e com forte sotaque de Aberdeen. Duas vezes durante a sua carreira Holmes o havia ajudado, obtendo como única recompensa a satisfação intelectual de resolver um problema. Por essa razão, a afeição e o respeito que o escocês sentia por seu singular colega eram profundos, e ele demonstrava sua admiração por meio da franqueza com que consultava Holmes em qualquer dificuldade. A mediocridade não conhece nada superior a si própria, mas o talento reconhece o gênio de imediato, e MacDonald tinha talento suficiente para perceber que não seria nenhuma humilhação procurar por alguém que, na Europa, era o único que lhe poderia ajudar, tanto por seus dons quanto por sua experiência. Holmes não era inclinado a amizades, mas era tolerante com o grande escocês e sorriu ao vê-lo.

– O senhor é um madrugador, sr. Mac – disse ele. – Desejo-lhe sorte no trabalho. Receio que haja algum problema a caminho.

– Se o senhor dissesse "espero" em vez de "receio" estaria mais próximo da verdade, na minha opinião, sr. Holmes – respondeu o inspetor, com um sorriso intencional. – Bem, uma dose talvez pudesse afastar este frio matinal. Não, obrigado, não quero fumar. Preciso ir embora, pois as primeiras horas de um caso são preciosas, como o senhor bem sabe. Mas... mas...

O inspetor parou de súbito, olhando com expressão de total espanto para o papel em cima da mesa. Era a folha sobre a qual eu havia rabiscado a mensagem enigmática.

– Douglas! – gaguejou. – Birlstone! O que é isso, sr. Holmes? Puxa, isso é bruxaria! Em nome de tudo o que é mais sagrado, onde o senhor conseguiu estes nomes?

– É uma escrita cifrada que o dr. Watson e eu conseguimos desvendar. Mas por quê? O que há de errado com os nomes?

O inspetor olhou para cada um de nós, atônito.

– É que – disse ele – o sr. Douglas da mansão de Birlstone foi assassinado de um modo horrível hoje de manhã.

Capítulo 2

Sherlock Holmes discorre

Foi um daqueles momentos dramáticos para os quais o meu amigo vivia. Seria um exagero dizer que ele ficou escandalizado ou mesmo agitado com o surpreendente aviso. Sem qualquer sinal de crueldade em sua constituição, estava, sem dúvida, calejado depois de tantos estímulos. Todavia, se as suas emoções estavam entorpecidas, a sua percepção intelectual estava ativa em excesso. Não havia nele então nem sombra do horror que eu sentira com aquela declaração lacônica, mas o seu rosto demonstrava a serenidade paciente e curiosa do químico que observa os cristais se formarem a partir de uma solução saturada.

– Notável! – disse ele. – Notável!

– O senhor não parece surpreso.

– Interessado, sr. Mac, mas não surpreso. Por que deveria estar surpreso? Recebo uma comunicação anônima de uma fonte que sei ser importante, avisando-me que uma certa pessoa corre perigo. No espaço de uma hora fico sabendo que tal perigo se concretizou e que a pessoa está morta. Fico interessado, mas, como pode ver, não estou nada surpreso.

Com frases breves explicou ao inspetor os fatos sobre a carta e a mensagem cifrada. MacDonald ouviu sentado, com o queixo apoiado nas mãos e as sobrancelhas ruivas formando feixes amarelos.

– Eu ia para Birlstone hoje de manhã – disse ele. – Passei por aqui para convidá-lo a vir comigo... o senhor e o seu amigo. Mas, pelo que o senhor diz, talvez seja melhor trabalharmos em Londres.

– Acho que não – disse Holmes.

– Puxa vida, sr. Holmes! – exclamou o inspetor. – Os jornais estarão cheios de notícias sobre o mistério de Birlstone dentro de um ou dois dias; mas onde está o mistério, se existe um homem em Londres que profetizou o crime antes mesmo que ocorresse? Temos apenas de apanhar esse homem, e o resto será uma decorrência.

– Sem dúvida, sr. Mac. Mas o que o senhor propõe para apanhar o dito Porlock?

MacDonald virou a carta que Holmes lhe tinha dado.

– Foi postada em Camberwell... isso não ajuda muito. O nome, como o senhor diz, é falso. É certo que não há muitas pistas. O senhor não disse que enviou dinheiro a ele?

– Duas vezes.

– E como?

– Em notas, para o correio de Camberwell.

– O senhor nunca se preocupou em saber quem as buscou?

– Não.

O inspetor pareceu surpreso e um pouco chocado.

– Por que não?

– Porque sempre cumpro minha palavra. Prometi-lhe, na primeira vez em que ele me escreveu, não tentar encontrá-lo.

– O senhor acha que há alguém por trás dele?

– Sei que há alguém.

– O tal professor que ouvi o senhor mencionar?

– Exato!

O inspetor MacDonald sorriu e suas pálpebras estremeceram quando olhou para mim.

– Não vou esconder, sr. Holmes, que nós do CID*
achamos que o senhor está um pouco obcecado a respeito do tal professor. Fiz minhas próprias investigações sobre o assunto. Ele parece ser um homem muito respeitável, culto e talentoso.

– Fico contente que os senhores tenham conseguido reconhecer o talento dele.

– Ora, é impossível não reconhecê-lo! Após ter ouvido a sua opinião, resolvi ir conhecê-lo. Conversamos sobre eclipses. Não sei como a conversa chegou nisso; mas ele tinha uma lanterna refletora e um globo e explicou-me tudo em um minuto. Emprestou-me um livro, mas não tenho vergonha de dizer que está um pouco acima do meu nível, apesar de eu ter tido uma boa educação em Aberdeen. Ele teria sido um bom pastor,** com aquele rosto fino, cabelo grisalho e maneira solene de falar. Quando pôs a mão no meu ombro na hora da despedida, era como a benção de um pai antes do filho partir para o mundo frio e cruel.

Holmes soltou uma gargalhada e esfregou as mãos.

– Ótimo! – ele disse. – Ótimo! Diga-me, meu amigo MacDonald, essa agradável e comovente conversa, suponho, aconteceu no gabinete do professor?

– Isso mesmo.

– Um aposento muito agradável, não é?

– Muito... de fato, muito elegante, sr. Holmes.

– O senhor sentou-se de frente para a escrivaninha dele?

– Certo.

– O sol batendo nos seus olhos e o rosto dele na sombra?

---

* Central de Inspetores Detetives. (N.T.)

** *Meenister*, no original, em vez de *minister*. O erro na grafia indica que o personagem não teve uma educação tão boa afinal. (N.T.)

– Bem, já era noite, mas lembro que a lamparina estava voltada para o meu rosto.

– Claro que sim. O senhor por acaso viu um quadro acima da cabeça do professor?

– Não deixo escapar muita coisa, sr. Holmes. Talvez tenha aprendido isso com o senhor. Sim, vi o quadro... uma jovem senhora com a cabeça apoiada nas mãos, olhando de lado.

– O quadro é de Jean Baptiste Greuze.

O inspetor fez um esforço para mostrar-se interessado.

– Jean Baptiste Greuze – continuou Holmes, juntando as mãos com as pontas dos dedos e recostando-se na cadeira – foi um artista francês que floresceu entre 1750 e 1800. Refiro-me, é claro, a sua carreira profissional. A crítica moderna vem reforçando a grande fama que ele conquistou entre seus contemporâneos.

Os olhos do inspetor distraíram-se.

– Não seria melhor... – ele disse.

– Já vamos chegar lá – Holmes interrompeu. – Tudo o que estou dizendo tem uma relação muito direta e imprescindível com o que o senhor chamou de mistério de Birlstone. Na verdade, num certo sentido, pode ser considerado seu ponto central.

MacDonald sorriu com delicadeza e lançou um olhar de súplica para mim.

– Seu pensamento é rápido demais para mim, sr. Holmes. Quando o senhor omite certos pontos de ligação, eu não consigo preencher as lacunas. Afinal de contas, qual pode ser a conexão entre o pintor morto e o caso de Birlstone?

– Todo conhecimento pode ser útil a um detetive – observou Holmes. – Mesmo o simples fato de que no ano de 1865 um quadro de Greuze chamado *La Jeune Fille a l'Agneau* ter alcançado o preço de um milhão e duzentos mil francos (mais de quatro mil libras), no leilão de Portalis, pode ser o início de uma série de reflexões.

É claro que assim foi. O inspetor parecia agora verdadeiramente interessado.

– Devo ainda lembrar-lhe – Holmes continuou – que o salário do professor pode ser verificado em inúmeras fontes confiáveis. É de setecentas libras por ano.

– Então como ele pôde comprar...

– Pois é! Como pôde?

– Sim, é notável – disse o inspetor, pensativo. – Continue, sr. Holmes. Estou gostando muito. Isso é formidável!

Holmes sorriu. Sempre se animava com uma admiração sincera, característica de um verdadeiro artista.

– E Birlstone? – perguntou.

– Ainda temos tempo – disse o inspetor, olhando para o relógio. – Estou com um táxi na porta, e não demora mais do que vinte minutos para chegarmos na estação Victória. Mas sobre o quadro: achei que o senhor tinha dito certa vez, sr. Holmes, que nunca se encontrara com o professor Moriarty.

– Não, nunca.

– Então como conhece os seus aposentos?

– Ah, isso é um outro assunto. Estive três vezes em seus aposentos; duas delas, à sua espera, sob pretextos diferentes e partindo antes que ele chegasse. Uma vez... bem, não posso contar sobre essa vez a um detetive oficial. Foi nessa última ocasião que tomei a liberdade de vasculhar seus papéis... com os resultados mais inesperados.

– Encontrou algo comprometedor?

– Absolutamente nada. Foi isso que me surpreendeu. Todavia, agora o senhor compreende a importância do quadro. Faz dele um homem muito rico. Como conseguiu essa fortuna? Ele não é casado. Seu irmão mais moço é chefe de estação no oeste da Inglaterra. Sua cátedra lhe rende setecentas libras por ano. E ele é proprietário de um Greuze.

– Então?

– Com toda certeza, a conclusão está clara.

– O senhor quer dizer que ele tem um rendimento muito alto e que deve recebê-lo de modo ilegal?

– Exato. É claro que tenho outros motivos para pensar desse modo... dezenas de fiozinhos que levam vagamente ao centro da teia onde a criatura venenosa e imóvel se esconde. Só menciono o quadro de Greuze porque ele traz o assunto para o campo das suas próprias observações.

– Bem, sr. Holmes, admito que o que o senhor diz é interessante; é mais do que isso... é extraordinário. Mas vamos esclarecer mais um pouco, se for possível. O senhor acha que é falsificação, cunhagem de moedas falsas, roubo... de onde vem esse dinheiro?

– O senhor já leu sobre Jonathan Wild?

– Bem, o nome é bastante conhecido. É um personagem de romance, não é? Não me interesso muito por detetives de romances... são sujeitos que fazem coisas, mas não nos deixam ver como as fazem. Isso é apenas inspiração, não é sério.

– Jonathan Wild não era detetive e não era personagem de romance. Era um mestre do crime. Viveu no século passado, mais ou menos em 1750.

– Então de nada serve para mim. Sou um homem prático.

– Sr. Mac, a coisa mais prática que poderia fazer em sua vida seria recolher-se por três meses e ler, doze horas por dia, os anais do crime. Tudo acontece em círculos... mesmo o professor Moriarty. Jonathan Wild era a força oculta dos criminosos de Londres, aos quais vendia suas ideias e sua organização por uma comissão de quinze por cento. A velha roda gira e tudo vem à tona. Tudo o que já aconteceu, acontecerá de novo. Vou contar-lhe certas coisas sobre Moriarty que podem lhe interessar.

– Interessam-me por certo.

– Acontece que sei quem é o primeiro elo dessa corrente; corrente com esse Napoleão às avessas numa das pontas e centenas de malfeitores, batedores de carteiras, chantagistas e trapaceiros na outra, com todo tipo de crime entre as duas. O chefe do Estado Maior é o coronel Sebastian Moran, tão distante, precavido e inacessível à lei quanto o próprio. Quanto o senhor acha que ele lhe paga?

– Gostaria de saber.

– Seis mil libras por ano. Isso é pagar pela inteligência, compreende... o princípio americano de fazer negócios. Soube desse detalhe por acaso. É mais do que recebe o primeiro-ministro. Isso dá uma ideia dos rendimentos de Moriarty e da escala em que ele opera. Mais uma coisa: dei-me ao trabalho de investigar seus últimos cheques... cheques simples, com os quais ele paga as despesas de casa. Tinham sido sacados em seis bancos diferentes. Isso lhe diz alguma coisa?

– É certo que é muito esquisito! Mas o que o senhor deduz disso?

– Ele não quer comentários sobre sua fortuna. Ninguém deve saber quanto ele tem. Não tenho dúvida de que ele tem vinte contas bancárias; a maior parte do seu dinheiro está no exterior, possivelmente no Deutschebank ou no Crédit Lyonnais. Um dia, quando o senhor puder dispor de um ou dois anos, recomendo-lhe fazer um estudo sobre o professor Moriarty.

O inspetor MacDonald estava cada vez mais impressionado com a evolução da conversa. Tinha se distraído no seu interesse. Mas a sua inteligência prática de escocês, com um estalo, levou-o de volta ao assunto em questão.

– De qualquer modo, ele pode tê-las – disse ele. – O senhor nos desviou com suas interessantes anedotas, sr. Holmes. O que importa, na verdade, é sua observação de que há uma ligação entre o professor e o crime. Que o senhor soube pelo aviso recebido por meio de Porlock. Devido às nossas necessidades práticas imediatas, poderíamos nos aprofundar nessa questão?

– Podemos ter uma ideia sobre os motivos do crime. Trata-se, segundo pude deduzir de suas observações iniciais, de um crime incompreensível ou, pelo menos, sem explicação. Ora, supondo que a origem do crime seja a que suspeitamos, pode haver dois motivos diferentes. Em primeiro lugar, devo lhe dizer que Moriarty dirige seus homens com mão de ferro. A sua disciplina é extraordinária. Há apenas uma punição no seu código. A morte. Ora, podemos supor que o homem assassinado (o tal Douglas cuja morte iminente já era do conhecimento de um dos subordinados do arquicriminoso) de algum modo traiu o chefe. Sua punição foi imediata e todos ficariam sabendo... apenas para incutir-lhes o medo da morte.

– Bem, essa é uma sugestão, sr. Holmes.

– A outra é que tenha sido planejada por Moriarty no curso normal da questão. Houve algum roubo?

– Não fui informado.

– Se houve roubo, esse fato seria, é claro, contra a primeira hipótese e a favor da segunda. Moriarty pode ter planejado tudo com a promessa de ficar com parte da pilhagem, ou pode ter sido pago para arquitetá-lo. As duas são possíveis. Seja qual for, ou mesmo se for uma terceira combinação, é em Birlstone que devemos procurar a solução. Conheço o nosso homem bem demais para saber que não deixou nada aqui que possa nos levar até ele.

– Então, temos de ir a Birlstone! – exclamou MacDonald, pulando da cadeira. – Puxa! É mais tarde do que pensei. Senhores, têm só cinco minutos para se prepararem.

– É o bastante para nós – disse Holmes ao levantar-se, apressando-se para trocar o roupão pelo paletó. – Durante o percurso, sr. MacDonald, peço-lhe que tenha a bondade de contar-me tudo sobre o caso.

"Tudo sobre o caso" mostrou ser muito pouco, porém, havia o bastante para garantir que o caso que tínhamos diante de nós merecia uma maior atenção do perito. Ele estava animado e esfregou as mãos finas ao ouvir os raros mas extraordinários detalhes. Acabáramos de deixar para trás uma longa série de semanas improdutivas e, por fim, surgia um caso adequado para aquela capacidade notável que, como todos os talentos especiais, torna-se incômoda para o seu proprietário, se não estiver em atividade. O cérebro perde a sagacidade e enferruja quando não é usado.

Os olhos de Sherlock Holmes brilhavam, sua face pálida ganhava cor e todo seu rosto ansioso irradiava uma luz interna quando era chamado para o trabalho. Debruçando-se para frente no táxi, ouvia atento ao pequeno esboço de MacDonald sobre o problema que nos aguardava em Sussex. O inspetor baseava sua história, segundo explicou, numa mensagem rabiscada que lhe fora entregue pelo trem leiteiro naquela madrugada. White Mason, o oficial local, era seu amigo pessoal, e por isso MacDonald fora notificado muito mais depressa do que era costume na Scotland Yard, quando alguém do interior necessitava da sua ajuda. O perito da metrópole em geral tem pouquíssimas pistas para seguir.

"Estimado inspetor MacDonald (dizia a mensagem que ele nos leu):

A requisição oficial de seus serviços encontra-se em envelope separado. Esta carta é para seu uso pessoal. Telegrafe dizendo qual trem da manhã poderá tomar para Birlstone e irei encontrá-lo ou enviarei alguém, se estiver muito ocupado. O caso é grave. Não perca tempo antes de vir. Se possível, traga o sr. Holmes, pois ele encontrará as coisas a seu gosto. Poderíamos pensar que tudo foi arranjado para produzir um efeito teatral, se não fosse pelo homem morto no meio da cena. Palavra! Esse caso é complicado."

– Seu amigo não parece ser tolo – observou Holmes.

– Não, senhor. White Mason é um homem muito esperto, se é que posso julgar alguém.

– Bem, o senhor sabe de mais alguma coisa?

– Apenas que ele nos dará os detalhes quando nos encontrarmos.

– Como, então, o senhor chegou ao sr. Douglas e ao seu horrível assassinato?

– Estava no relatório oficial anexo. Só não dizia "horrível", pois não é um termo oficial reconhecido. Trazia o nome de John Douglas. Mencionava os ferimentos na cabeça, provocados pelo disparo de uma espingarda. Também mencionava a hora do alarme, por volta da meia-noite de ontem. Acrescentava que se tratava, sem dúvida, de um assassinato, mas que ninguém tinha sido preso, e que tinha características confusas e extraordinárias. É tudo o que sabemos até o momento, sr. Holmes.

– Então, com sua permissão, deixaremos as coisas assim, sr. Mac. A tentação de criar teorias prematuras com dados insuficientes é o mal de nossa profissão. Vejo apenas duas coisas com certeza no momento: uma mente brilhante em Londres e um homem morto em Sussex. A ligação entre ambos é o que vamos investigar.

Capítulo 3

A tragédia de Birlstone

Agora pedirei licença para deixar de lado minha insignificante pessoa, por alguns momentos, e descrever os eventos que ocorreram antes da nossa chegada à cena do crime, à luz de informações que obtivemos depois. Só assim será possível o leitor avaliar as pessoas envolvidas e o estranho cenário no qual o destino as lançou.

O vilarejo de Birlstone é um pequeno e antigo aglomerado de casas feitas de madeira e tijolos, que fica na parte norte do condado de Sussex. Durante séculos, o local não sofreu alterações; mas, nos últimos anos, sua localização e seu aspecto pitoresco atraíram um grande número de moradores ricos, cujas casas de campo podem ser vistas espalhadas pelos bosques. Os habitantes acreditam que esses bosques constituem a margem extrema da grande floresta de Weald, que se estende até as dunas de calcário ao norte. Inúmeras lojinhas surgiram para atender as necessidades da população crescente; portanto, espera-se que Birlstone, um antigo vilarejo, transforme-se numa cidade moderna. É o ponto central de uma área considerável da região, visto que Tunbridge Wells, o lugar importante mais próximo, fica a dez ou doze milhas para o leste, além dos limites de Kent.

A cerca de meia milha da cidade, num velho parque conhecido por suas enormes faias, situa-se a antiga mansão de Birlstone. Parte dessa venerável construção remonta à época da primeira Cruzada, quando Hugo de Capus construiu uma fortaleza no centro da propriedade, que lhe fora dada pelo rei Red. Ela foi destruída pelo fogo em 1543, e algumas de suas pedras angulares, escurecidas pela fumaça, foram usadas quando, na era jacobina, foi construída uma casa de campo de tijolos sobre as ruínas do castelo feudal.

A mansão, com suas incontáveis empenas e vidraças de pequenos losangos, ainda era muito parecida com a casa que o construtor fizera no começo do século XVII. Dos dois fossos que haviam protegido os antecessores belicosos, o externo estava seco e cumpria a humilde função de horta. O fosso interno ainda estava lá, com doze metros de largura, embora tivesse poucos metros de profundidade, em volta da casa toda. Era alimentado por uma pequena corrente que continuava além dele, de modo que, embora turva, a água nunca ficava estagnada ou insalubre. As janelas do térreo ficavam a menos de meio metro da superfície da água.

O único acesso à casa era por meio de uma ponte levadiça, cujas correntes e molinetes há muito estavam enferrujados e quebrados. Os últimos locatários da mansão, no entanto, com muita disposição, tinham consertado tudo, e a ponte não só estava em condições de ser levantada, como era, de fato, levantada todas as noites e abaixada todas as manhãs. Retomando dessa forma o costume dos velhos tempos feudais, a mansão foi convertida numa ilha durante a noite... um fato que tem uma ligação muito direta com o mistério que em breve prenderá a atenção de toda a Inglaterra.

A casa ficou sem moradores durante alguns anos e estava ameaçada de desfazer-se em uma ruína pitoresca quando a família Douglas foi morar lá. A família era constituída de apenas duas pessoas: John Douglas e a esposa. Douglas era um homem notável, tanto em caráter quanto em tipo. Devia ter cerca de cinquenta anos, tinha o rosto enérgico e o queixo protuberante, bigode grisalho, olhos cinzas especialmente alertas e um corpo magro e musculoso que não perdera nada da força e da atividade da juventude. Ele era alegre e cordial com todos, mas um pouco brusco nos modos, dando a impressão de que fora criado em um estrato social inferior ao da sociedade do condado de Sussex.

Todavia, apesar de ser visto com certa curiosidade e reserva por seus vizinhos mais cultos, em pouco tempo conquistou grande popularidade entre os habitantes, fazendo contribuições generosas para os eventos locais, frequentando as salas de fumantes e outros ambientes, onde, tendo voz de tenor com um timbre notável, sempre estava disposto a agradá-los com uma bela canção. Parecia ter muito dinheiro, que, segundo se dizia, ganhara na região do ouro da Califórnia, e era evidente, pelo que ele e a esposa diziam, que passara uma parte de sua vida na América.

A boa impressão produzida por sua generosidade e modos democráticos aumentava graças à reputação que tinha de total indiferença ao perigo. Embora fosse péssimo cavaleiro, comparecia a todas as competições, e levava os tombos mais divertidos com sua determinação de ser um dos melhores. Quando a igreja paroquial pegou fogo, destacou-se pela valentia com que entrou mais de uma vez no edifício para salvar objetos preciosos, depois que os bombeiros já tinham declarado ser impossível continuar. E foi assim que John Douglas, residindo durante cinco anos na mansão, conseguiu boa fama em Birlstone.

Sua esposa também era benquista pelas pessoas que conhecia; embora, segundo o costume inglês, as visitas a um estrangeiro que chega sem apresentações fossem raras e esparsas. Isso pouco lhe importava, pois era retraída por temperamento e muito absorvida, ao que tudo indica, pelo marido e pelas tarefas domésticas. Sabia-se que era de origem inglesa e que conhecera o sr. Douglas, viúvo nessa época, em Londres. Era uma linda mulher, alta, morena e esbelta, cerca de vinte anos mais moça do que o marido; uma diferença que não parecia atrapalhar a satisfação de sua vida conjugal.

No entanto, as pessoas mais próximas notavam, às vezes, que a confiança entre os dois parecia não ser completa, visto que ela era muito reticente em relação ao passado de seu marido ou então (hipótese mais provável) tinha poucas informações sobre ele. Algumas pessoas mais observadoras também perceberam e comentaram que às vezes a sra. Douglas ficava muito nervosa e demonstrava grande inquietação quando o marido ficava ausente por mais tempo do que de costume. Num lugar tranquilo no campo, onde qualquer fofoca é bem-vinda, tal fragilidade da senhora da mansão de Birlstone não passou despercebida e tomou proporções maiores na memória das pessoas com os acontecimentos que conferiram um significado especial a esse comportamento.

Havia ainda um outro sujeito que morava naquela casa, embora, na verdade, apenas esporadicamente, cuja presença na época dos estranhos acontecimentos que agora serão relatados colocou em evidência o seu nome. Era Cecil James Barker, de Hales Lodge, Hampstead. O corpo comprido e desarticulado de Cecil Barker era conhecido na rua principal do vilarejo de Birlstone, pois era um assíduo e bem-recebido visitante da mansão. Era mais notado por ser o único amigo do passado desconhecido do sr. Douglas que foi visto no seu novo ambiente inglês. Barker sem dúvida era inglês; mas por seus comentários ficava claro que tinha conhecido Douglas na América e lá estabelecera relações próximas com ele. Parecia um homem de considerável fortuna, e supunha-se que fosse solteiro.

Era mais moço do que Douglas – tinha quarenta e cinco anos no máximo –, um homem alto, ereto, de ombros largos, com um rosto barbeado de boxeador, sobrancelhas grossas, espessas e pretas e olhos negros dominadores que poderiam, mesmo sem ajuda de suas hábeis mãos, abrir caminho no meio de uma multidão hostil. Não cavalgava nem caçava, mas passava os dias caminhando pelo antigo vilarejo com o cachimbo na boca ou passeando de carro com seu anfitrião ou, na falta deste, com sua esposa, por aquela maravilhosa região.

– Um cavalheiro amável e generoso – dizia Ames, o mordomo. – Mas, palavra de honra, eu não gostaria de contrariá-lo!

Era cordial e amigo íntimo de Douglas e não menos amigável com sua esposa... uma amizade que às vezes parecia causar certa irritação no marido, tanto que mesmo os empregados percebiam o seu aborrecimento. Assim era a terceira pessoa que estava com a família quando ocorreu a catástrofe.

Quanto aos outros habitantes da velha casa, entre os empregados, é suficiente mencionar o empertigado, respeitável e hábil Ames e a sra. Allen, uma pessoa robusta e alegre, que ajudava a patroa em algumas tarefas domésticas. Os outros seis criados da casa não têm qualquer relação com os acontecimentos da noite de 6 de janeiro.

Foi às 11h45 que o primeiro alarme chegou à pequena delegacia local, sob o comando do sargento Wilson, da Guarda Civil de Sussex. Cecil Barker, muito agitado, correu para a porta e tocou furiosamente a campainha. Houve uma tragédia terrível na mansão e John Douglas tinha sido assassinado. Esse era o conteúdo ofegante de sua mensagem. Ele correu de volta para casa, seguido logo depois pelo sargento, que chegou à cena do crime um pouco depois da meia-noite, após tomar as medidas necessárias para avisar as autoridades do condado de que algo de grave estava ocorrendo.

Ao chegar à mansão, o sargento encontrou a ponte abaixada, as janelas abertas e a casa toda num estado de total confusão e tumulto. Os criados, lívidos, estavam aglomerados no saguão, e o mordomo, assustado, retorcia as mãos na porta de entrada. Só Cecil Barker parecia ter controle sobre si e dominar a própria emoção; ele abriu a porta mais próxima da entrada e fez um sinal para que o sargento o seguisse. Nesse momento, chegou o dr. Wood, o diligente e habilidoso médico do vilarejo. Os três homens entraram juntos no quarto fatídico, seguidos pelo mordomo aterrorizado, que fechou a porta atrás de si para evitar que os empregados vissem a assustadora cena.

O morto jazia de costas, com os braços e pernas estirados no meio do quarto. Vestia apenas um roupão rosado sobre sua roupa de dormir. Havia chinelos sobre seus pés descalços. O médico ajoelhou-se ao seu lado e aproximou a lâmpada que estava sobre a mesa. Um olhar para a vítima foi suficiente para que soubesse que a sua presença era dispensável. O homem fora violentamente ferido. No peito havia uma estranha arma, uma espingarda com os canos serrados perto dos gatilhos. Era evidente que tinha sido disparada à queima-roupa e que ele recebera toda a carga no rosto, explodindo-lhe a cabeça. Os gatilhos tinham sido amarrados com arame, para tornar o disparo simultâneo mais destrutivo.

O policial estava abatido e preocupado com a enorme responsabilidade que lhe sobreviera tão repentinamente.

– Não tocaremos em nada até a chegada de meus superiores – ele disse, em voz baixa, olhando com horror para aquela cabeça pavorosa.

– Nada foi tocado até agora – disse Cecil Barker. – Eu me responsabilizo por isso. Os senhores estão vendo tudo exatamente como encontrei.

– Quando aconteceu? – perguntou o sargento, pegando seu caderno de anotações.

– Exatamente às onze e meia. Ainda não tinha começado a me trocar, estava sentado próximo à lareira no quarto, quando ouvi o tiro. Não foi muito alto... parecia abafado. Desci correndo... acho que não demorei mais do que trinta segundos para chegar ao quarto.

– A porta estava aberta?

– Sim, estava aberta. O pobre Douglas estava estirado como os senhores o veem. A vela do seu quarto queimava sobre a mesa. Acendi a lâmpada alguns minutos depois.

– Não viu ninguém?

– Não. Ouvi a sra. Douglas descendo as escadas atrás de mim e corri para impedi-la de ver esta cena pavorosa. A sra. Allen, a governanta, veio e levou-a dali. Ames chegou e nós voltamos mais uma vez ao quarto.

– Mas tenho certeza de ter ouvido que a ponte ficava levantada a noite toda.

– Sim, estava levantada até que eu a abaixei.

– Então como poderia o assassino ter escapado? É impossível! O sr. Douglas deve ter se matado.

– Foi a nossa ideia a princípio. Mas, veja! – Barker abriu as cortinas e mostrou que a grande janela em forma de losango estava escancarada. – E veja isso! – Ele abaixou a lâmpada e iluminou uma mancha de sangue com a marca de uma pegada sobre o peitoril de madeira. – Alguém pisou aqui antes de fugir.

– O senhor quer dizer que alguém atravessou o fosso?

– Exato!

– Então, se o senhor chegou ao quarto meio minuto depois do crime, ele deveria estar na água naquele momento.

– Não tenho dúvidas. Se apenas eu tivesse corrido para a janela! Mas as cortinas encobriam a janela, como o senhor vê, e isso não me ocorreu no momento. Depois ouvi os passos da sra. Douglas e não podia deixá-la entrar no quarto. Teria sido horrível!

– Horrível mesmo! – disse o médico, olhando para a cabeça esfacelada e as marcas terríveis em sua volta. – Não vi ferimentos tão terríveis desde o acidente ferroviário de Birlstone.

– Mas, espere aí... – observou o sargento, cujo bom senso bucólico e lento ainda estava considerando a janela aberta. – Está certo o senhor dizer que o homem fugiu atravessando o fosso, mas a minha pergunta é: como ele conseguiu entrar na casa, se a ponte estava levantada?

– Ah, eis a questão! – disse Barker.

– A que horas foi levantada?

– Eram quase seis horas – disse Ames, o mordomo.

– Ouvi dizer – disse o sargento – que ela era suspensa ao pôr do sol. Isso quer dizer por volta das quatro e meia e não das seis, nesta época do ano.

– A sra. Douglas tinha visitas para o chá – disse Ames. – Eu não podia levantá-la antes que todos partissem. Então, eu mesmo a levantei depois.

– Então o caso está assim – disse o sargento –, se alguém veio de fora (se é que veio), deve ter atravessado a ponte antes das seis horas e se escondido até que o sr. Douglas entrou no quarto, depois das onze.

– Isso mesmo! Todas as noites o sr. Douglas dava uma volta antes de entrar, para ver se as luzes estavam apagadas.

Isso o trouxe aqui. O homem o estava esperando e atirou nele. Depois conseguiu escapar pela janela, esquecendo a arma. É assim que compreendo os fatos, pois nada mais se encaixa.

O sargento pegou um cartão que estava ao lado do cadáver. As iniciais V. V. e sob elas o número 341 estavam rabiscados a tinta.

– O que é isso? – perguntou, mostrando o cartão.

Barker olhou com curiosidade.

– Não havia reparado antes – ele disse. – O assassino deve ter esquecido.

– V. V. 341. Não consigo entender.

O sargento ficou revirando-o entre seus dedos compridos.

– O que é V. V.? As iniciais de alguém, talvez. O que o senhor traz aí, dr. Wood?

Era um martelo grande que estava no tapete em frente à lareira, um martelo sólido de uso profissional. Cecil Barker apontou para uma caixa de pregos de bronze sobre o consolo da lareira.

– O sr. Douglas estava mudando os quadros de lugar ontem – ele disse. – Eu mesmo o vi de pé na cadeira prendendo o quadro grande. Isso explica o martelo.

– É melhor colocarmos o martelo de volta no tapete onde o encontramos – disse o sargento, coçando a cabeça, perplexo com o enigma. – Precisaremos das melhores cabeças da força policial para chegar ao fundo disto. Em breve será um trabalho para Londres.

Ele pegou a lâmpada e caminhou devagar pelo quarto.

– Ora! – exclamou, agitado, afastando a cortina para o lado. – A que horas as cortinas foram fechadas?

– Quando as lâmpadas foram acesas – disse o mordomo. – Pouco depois das quatro.

– Alguém se escondeu aqui, por certo. – Ele abaixou a lâmpada e mostrou marcas de botas enlameadas no canto. – Acho que isso confirma sua tese, sr. Barker. Parece que o homem entrou na casa depois da quatro, quando as cortinas foram fechadas, e antes das seis, quando a ponte foi levantada. Entrou neste quarto, pois foi o primeiro que viu. Como não havia outro lugar para se esconder, ele se colocou atrás das cortinas. É provável que a sua primeira ideia tenha sido assaltar a casa, mas quando o sr. Douglas apareceu, ele o matou e fugiu.

– É isso que eu acho – disse Barker. – Mas, pergunto, não estaríamos perdendo um tempo precioso? Não deveríamos percorrer a região antes que o sujeito fuja?

O sargento pensou por alguns instantes.

– Não há trem antes das seis da manhã, de modo que ele não pode escapar pela ferrovia. Se ele for a pé pela estrada, com as calças molhadas, é provável que alguém ache estranho. De qualquer forma, não posso sair daqui até ser dispensado. Mas acho que ninguém deveria sair antes de termos uma visão mais clara de nossa situação.

O médico aproximou a lâmpada do corpo para examiná-lo de mais perto.

– O que é esta marca? – ele perguntou. – Poderia ter alguma relação com o crime?

O braço direito do morto estava para fora do roupão, exposto até a altura do cotovelo. No meio do antebraço havia um curioso desenho marrom, um triângulo dentro de um círculo, que se destacava na carne lívida.

– Não é tatuagem – disse o médico, examinando com sua lente. – Jamais vi nada igual. O homem foi marcado a ferro, como se faz com o gado. O que significa isso?

– Não posso jurar que sei o que significa – disse Cecil Barker –, mas várias vezes vi esta marca em Douglas nos últimos dez anos.

– E eu também – disse o mordomo. – Várias vezes quando o patrão arregaçava as mangas eu via esta marca. Ficava imaginando o que poderia ser.

– Então não tem qualquer relação com o crime – disse o sargento. – Mas é suspeito. Tudo neste caso é suspeito. Sim, o que foi agora?

O mordomo soltara uma exclamação de espanto e apontava para a mão estirada do morto.

– Pegaram a aliança dele! – gritou com a voz sufocada.

– O quê?

– Sim, de fato. O patrão sempre usava a sua aliança de ouro no dedo mínimo da mão esquerda. O anel com a pepita ficava sobre ela, e a cobra retorcida no terceiro dedo. A pepita está aí, a cobra está aí, mas a aliança não.

– Ele está certo – disse Barker.

– O senhor quer dizer – disse o sargento – que a aliança estava embaixo do outro anel?

– Sempre!

– Então o assassino, ou seja lá quem for, primeiro tirou o anel que o senhor chama de anel com a pepita, depois a aliança, e em seguida colocou o anel com a pepita de volta?

– Isso mesmo!

O honrado policial abanou a cabeça.

– Parece-me que quanto antes Londres intervier neste caso, tanto melhor – disse ele. – White Mason é um homem inteligente. Nenhum trabalho aqui deixou de ser resolvido por ele. Não demora antes que venha em nosso auxílio. Mas acho que teremos de chamar Londres para solucionar o caso. De qualquer modo, não me envergonho de dizer que o caso é complicado demais para mim.

Capítulo 4

Trevas

Às três horas da madrugada, o detetive mais importante de Sussex, atendendo a um chamado urgente do sargento Wilson, de Birlstone, chegou à mansão numa pequena carruagem puxada por um cavalo ofegante. Ele enviara sua mensagem à Scotland Yard pelo trem das 5h40 e encontrava-se à nossa espera na estação Birlstone ao meio-dia. White Mason era uma pessoa de aspecto tranquilo e sossegado, usava um folgado terno de *tweed*, tinha o rosto barbeado e rosado, um corpo robusto e musculosas pernas curvas enfeitadas com polainas, parecendo um pequeno agricultor, um pastor aposentado, ou qualquer outra coisa, menos um dignitário da Guarda Civil da província.

– Um caso verdadeiramente complicado, sr. MacDonald! – repetia sem parar. – Os jornalistas virão para cá como moscas, quando souberem. Espero que terminemos nosso trabalho antes que eles metam o nariz na história e desorganizem as pistas. Nunca houve um caso igual, que eu me lembre. Há certas partes que vão lhe interessar, sr. Holmes, se não me engano. E ao senhor também, dr. Watson, pois os médicos terão algo a dizer antes de terminarmos. Os senhores ficarão no Westville Arms. Não há outro lugar, mas sei que lá é limpo e agradável. Este homem levará suas malas. Por aqui, cavalheiros, por gentileza.

Era uma pessoa muito animada e cordial, o tal detetive de Sussex. Em dez minutos estávamos em nossos aposentos. Em outros dez minutos estávamos sentados no saguão da estalagem, ouvindo um breve esboço dos acontecimentos relatados no capítulo anterior. MacDonald tomou uma ou outra nota, enquanto Holmes ficou absorto, com a expressão de surpresa e respeitosa admiração com a qual o botânico observa uma flor rara e preciosa.

– Notável – ele disse, quando a história terminou –, notável! Não consigo me lembrar de nenhum caso cujas características fossem mais singulares.

– Achei mesmo que o senhor diria isso, sr. Holmes – disse White Mason, com muita satisfação. – Acompanhamos os tempos aqui em Sussex. Contei-lhe os fatos até o momento em que assumi o controle do sargento Wilson, entre três e quatro horas da manhã. Palavra de honra! Como fiz essa velha égua correr! Mas não precisava tanta pressa, afinal, pois não havia nada que eu pudesse fazer. O sargento Wilson tinha apurado todos os fatos. Eu os conferi, avaliei e talvez acrescentei alguns por minha conta.

– Esses quais foram? – perguntou Holmes, ansioso.

– Bem, primeiro examinei o martelo. O dr. Wood estava comigo para me ajudar. Não vimos nenhum sinal de violência nele. Achei que se o sr. Douglas tivesse se defendido com o martelo, talvez tivesse deixado uma marca no objeto assassino antes de deixá-lo cair no tapete. Mas não havia nenhuma mancha.

– Isso, é claro, não prova nada – observou o inspetor MacDonald. – Já houve vários assassinatos com martelos sem que qualquer marca ficasse nele.

– Pois é! Isso não prova que não foi usado. Mas poderia ter manchas, e isso nos teria ajudado. Aliás, não tinha nenhuma. Em seguida, examinei a arma. Eram cartuchos de chumbo grosso e, como observou o sargento Wilson, os gatilhos estavam amarrados de tal modo que se você puxasse o de trás, os dois canos seriam disparados. Quem fez isso não quis correr o risco de perder o alvo. A arma serrada não media mais do que sessenta centímetros de comprimento... era fácil trazê-la sob um casaco. O nome do fabricante não estava completo, mas estavam impressas as letras P-E-N entre os dois canos e o resto na parte serrada.

– Um *P* grande, com um enfeite em cima, e o *E* e o *N* menores? – perguntou Holmes.

– Exato.

– Pennsylvania Small Arms Company, uma firma norte-americana muito conhecida – disse Holmes.

White Mason olhou para o meu amigo como o clínico geral da província olha para o especialista da Harley Street que, com uma palavra, pode resolver as dificuldades que o deixam perplexo.

– Isso é muito útil, sr. Holmes. Não há dúvida de que o senhor está certo. Extraordinário! Extraordinário! O senhor sabe de cor o nome de todos os fabricantes de armas do mundo?

Holmes mudou de assunto com um movimento das mãos.

– Não há dúvida de que é uma espingarda norte-americana – White Mason continuou. – Lembro-me de ter lido que a espingarda meio serrada é uma arma usada em algumas partes da América do Norte. Além do nome escrito no cano, essa ideia tinha me ocorrido. Portanto, há evidências de que o homem que entrou na casa e matou seu proprietário fosse norte-americano.

MacDonald meneou a cabeça.

– Ora, o senhor está indo depressa demais – disse ele. – Ainda não ouvi prova alguma de que havia um estranho na casa.

– A janela aberta, o sangue no peitoril, o estranho cartão, as marcas de botas no canto, a arma!

– Nada que não pudesse ter sido arrumado. O sr. Douglas era norte-americano, ou viveu durante muito tempo na América do Norte. O sr. Barker também. Não é necessário importar norte-americanos para explicar gestos norte-americanos.

– Ames, o mordomo...

– Que tal é ele? Confiável?

– Dez anos com o sr. Charles Chandos... sólido como uma rocha. Trabalhou para Douglas desde que se mudou para a mansão, há cinco anos. Nunca viu uma arma desse tipo na casa.

– A arma devia estar escondida. Por isso os canos estavam serrados. Caberia em qualquer caixa. Como pode jurar que não havia uma arma dessas na casa?

– Bem, de qualquer modo, ele nunca tinha visto uma.

MacDonald meneou a sua teimosa cabeça escocesa.

– Ainda não estou convencido de que havia alguém na casa – disse ele. – Peço-lhes que *considerrem* – seu sotaque de Aberdeen ficou mais forte ao explicar seu argumento –, peço-lhes que *considerrem* o que significa supor que a arma não foi levada para dentro de casa, e que todas essas coisas estranhas foram feitas por uma pessoa de fora. Ora, isso é inconcebível! É contra o bom senso. Peço a sua opinião, sr. Holmes, julgando tudo o que foi dito.

– Bem, exponha seus fatos, sr. Mac – disse Holmes, no seu estilo mais sensato.

– O homem não é um ladrão, supondo que ele exista. A questão do anel e do cartão aponta para um assassinato premeditado por alguma razão desconhecida. Muito bem! Temos um homem que entra numa casa com o propósito deliberado de cometer um crime. Ele sabe, se é que sabe alguma coisa, que *terrá* dificuldades para fugir, pois a casa é cercada de água. Que arma ele escolheria? Os senhores diriam: a mais silenciosa do mundo. Assim ele poderia, terminado o trabalho, escapar depressa pela janela, atravessar o fosso e fugir com calma. Isso é compreensível. Mas é compreensível que ele se preocupasse em trazer a mais barulhenta das armas, sabendo que ela faria com que todas as pessoas da casa corressem ao local do tiro o mais rápido possível, e com toda a probabilidade de ser visto antes de atravessar o fosso? Seria isso digno de crédito, sr. Holmes?

– O senhor expôs os fatos de modo drástico – meu amigo respondeu, pensativo. – É certo que uma boa justificativa se faz necessária. Posso perguntar-lhe, sr. White Mason, se o senhor examinou o lado mais distante do fosso para ver se há sinais de que alguém saiu por ali?

– Não há sinais, sr. Holmes. Mas é uma margem feita de pedras e não se pode esperar nada.

– Nenhuma pista ou marca?

– Nenhuma.

– Ah! O senhor teria alguma objeção, sr. White Mason, se fôssemos até a casa sem mais demora? É possível que haja alguma minudência que seja sugestiva.

– Era o que eu ia propor, sr. Holmes, mas achei melhor colocá-los a par dos fatos antes de irmos. Suponho que se alguma coisa lhe provocar... – White Mason olhou de modo suspeito para o curioso.

– Já trabalhei antes com o sr. Holmes – disse o inspetor MacDonald. – Ele trabalha com integridade.

– Com minha ideia de integridade, pelo menos – disse Holmes, sorrindo. – Envolvo-me num caso para ajudar a justiça e o trabalho da polícia. Se alguma vez me separei das autoridades, foi porque elas se separaram primeiro de mim. Não tenho desejo de auferir nada à custa delas. Ao mesmo tempo, sr. White Mason, reivindico o direito de trabalhar do meu jeito e apresentar os resultados no meu tempo... concluídos, e não em partes.

– Esteja certo de que a sua presença é uma honra para nós e que lhe mostraremos tudo o que sabemos – disse White Mason, cordialmente. – Venha, dr. Watson, e, quando chegar a hora, todos nós esperamos merecer um lugar no seu livro.

Caminhamos pela pitoresca rua do vilarejo com uma fila de elmos podados dos dois lados. Um pouco adiante havia duas colunas de pedra, castigadas pelo tempo e cobertas de musgo, no topo das quais havia uma figura sem forma que outrora fora o leão de Capus, de Birlstone, erguido sobre as patas traseiras. Uma curta caminhada pela rua sinuosa com a relva e os carvalhos em volta, como só é encontrada no campo da Inglaterra, depois uma súbita curva, e encontramos uma comprida e simples casa jacobina, de tijolos marrons encardidos, com um jardim de teixos cortados dos dois lados à moda antiga. Quando nos aproximamos, vimos a ponte levadiça de madeira e o belo e amplo fosso, tão calmo e luminoso quanto o mercúrio brilhando no sol do inverno.

Três séculos tinham-se passado na velha mansão, séculos de nascimentos e de regressos, de danças campestres e de encontros de caçadores de raposas. Estranho que agora, na velhice, esse episódio sombrio tenha lançado sua sombra sobre paredes tão veneráveis! E, no entanto, o inusitado telhado pontiagudo e as esquisitas empenas penduradas eram uma cobertura apropriada para essa assustadora e terrível trama. Ao olhar para as janelas encravadas e a extensa fachada sombria lambida pela água, achei que não havia cenário mais adequado para tal tragédia.

– Aquela é a janela – disse White Mason –, à direita da ponte levadiça. Está aberta, como a encontramos ontem à noite.

– Parece um pouco estreita para um homem passar.

– Bem, certamente não era um homem gordo. Não precisamos de suas deduções para nos dizer isso, sr. Holmes. Mas tanto o senhor quanto eu poderíamos muito bem passar por ela.

Holmes foi até a margem do fosso e olhou para o outro lado. Em seguida, examinou a borda de pedra e a grama em volta.

– Já examinei tudo, sr. Holmes – disse White Mason. – Não há nada, nenhum sinal de que alguém tenha passado por ali... mas por que ele deixaria pistas?

– Exato! Por que deixaria? A água é sempre turva?

– Em geral é desta cor. A correnteza traz muita lama.

– Qual é a sua profundidade?

– Cerca de meio metro de cada lado e um metro no centro.

– Então podemos deixar de lado a ideia de o homem ter se afogado durante a travessia?

– Uma criança não poderia afogar-se aqui.

Atravessamos a ponte e fomos recebidos por uma pessoa esquisita, deformada e seca, que era o mordomo Ames. O pobre velho estava lívido e trêmulo devido ao choque. O sargento da cidade, um homem alto, formal e melancólico, permanecia de vigia no quarto fatídico. O médico fora embora.

– Alguma novidade, sargento Wilson? – perguntou White Mason.

– Não, senhor.

– Então você pode ir embora. Já fez o bastante. Mandaremos chamá-lo, se for necessário. É melhor o mordomo esperar lá fora. Diga-lhe que avise o sr. Cecil Barker, a sra. Douglas e a governanta de que talvez precisemos falar com eles daqui a pouco. Agora, cavalheiros, permitam-me dar-lhes minha primeira impressão, e então poderão tirar suas próprias conclusões.

Fiquei impressionado com o especialista do interior. Tinha um bom controle dos fatos e uma inteligência calma, clara e sensata, o que o levaria adiante na profissão. Holmes escutava-o atento, sem demonstrar qualquer sinal da impaciência que o expoente da autoridade oficial muitas vezes lhe causava.

– Suicídio ou assassinato... essa é a nossa primeira pergunta, cavalheiros, não é? Se for suicídio, então teremos de acreditar que o homem começou por tirar a aliança e escondê-la; que veio para cá de roupão, pisou com os sapatos com lama no canto para dar a impressão de que alguém o esperava, abriu a janela, colocou sangue no...

– Com toda certeza podemos descartar essa hipótese – disse MacDonald.

– Também acho. Suicídio está fora de questão. Então foi assassinato. O que temos de determinar é se foi cometido por alguém de fora ou de dentro da casa.

– Bem, vamos ouvir o raciocínio.

– Há grandes dificuldades em ambos os casos, mas, deve ser um dos dois. Vamos supor, primeiro, que uma ou algumas pessoas de dentro da casa cometeram o crime. Trouxeram esse homem para cá numa hora em que tudo estava em silêncio, mas ninguém estava dormindo. Então cometeram o ato com a mais estranha e mais barulhenta das armas, como se quisessem contar a todos o acontecido... uma arma que nunca foi vista na casa antes. Não parece um início muito provável, não é?

– Não.

– Bem, então, todos concordam que depois de soado o alarme passou-se apenas um minuto, no máximo, antes que todos os criados... não apenas o sr. Cecil Barker, embora afirme ter sido o primeiro, mas Ames e todos os outros chegassem ao local. Os senhores querem me convencer de que nesse espaço de tempo o culpado conseguiu fazer as marcas no canto, abrir a janela, marcar o peitoril com sangue, tirar a aliança do dedo do morto e tudo o mais? É impossível!

– O senhor mostrou tudo com muita clareza – disse Holmes. – Estou propenso a concordar com o senhor.

– Pois, então, voltamos à teoria de que o crime foi cometido por alguém de fora. Ainda temos alguns obstáculos, mas, de qualquer modo, não são impossibilidades. O homem entrou na casa entre quatro e meia e seis horas; ou seja, entre o anoitecer e o levantar da ponte. Havia visitas e a porta estava aberta; portanto não havia qualquer impedimento. Pode ter sido um ladrão comum ou alguém com um rancor especial contra o sr. Douglas. Visto ter o sr. Douglas passado a maior parte da sua vida na América do Norte e essa espingarda parecer norte-americana, parece-me que a teoria de uma pessoa com um rancor especial é a mais provável. Entrou às pressas neste quarto, pois foi o primeiro que viu, e escondeu-se atrás das cortinas. Ali ficou até depois das onze. Nessa hora, o sr. Douglas entrou no quarto. Foi um encontro breve, se é que houve um encontro, pois a sra. Douglas declarou que o marido só se afastara dela por poucos minutos, quando ouviu o tiro.

– A vela comprova isso – disse Holmes.

– Exato. A vela, que era nova, só queimou alguns centímetros. Ele deve tê-la colocado na mesa antes de ser atacado; senão ela teria caído, é claro, quando ele caiu. Isso demonstra que ele não foi atacado no instante em que entrou no quarto. Quando o sr. Barker chegou, a vela estava acesa e a lamparina, apagada.

– Está tudo muito claro – disse Holmes.

– Bem, agora podemos reconstruir os fatos nessas linhas. O sr. Douglas entra no quarto. Coloca a vela na mesa. Aparece um homem que estava escondido atrás da cortina. Ele está armado com esta espingarda. Pede a aliança... só Deus sabe por que, mas deve ter sido assim. O sr. Douglas atende o pedido. Em seguida, ou a sangue frio, ou durante uma luta (Douglas pode ter apanhado o martelo que foi encontrado no tapete), ele atira em Douglas de modo horrível. Deixa cair a arma e, ao que tudo indica, também este estranho cartão (V. V. 341, seja qual for o seu significado), foge pulando a janela e atravessando o fosso, no mesmo momento em que Cecil Barker descobre o crime. Que tal, sr. Holmes?

– Muito interessante, mas bastante refutável.

– Rapaz! Seria um absurdo total se todas as alternativas não fossem piores! – exclamou MacDonald. – Alguém matou o homem, e, quem quer que tenha sido, eu poderia provar-lhe que ele deveria ter feito de outro jeito. O que pretendia ao eliminar pistas da sua fuga? O que pretendia ao usar uma espingarda, quando a sua única chance de escapar era o silêncio? Vamos lá, sr. Holmes, cabe ao senhor dar-nos uma orientação, já que o senhor diz que a teoria do sr. White Mason é refutável.

Holmes estivera sentado, observando tudo com atenção durante o longo relato, sem perder uma palavra do que foi dito, com os olhos alertas movendo-se da direita para a esquerda e a testa franzida de tanto raciocinar.

– Gostaria de conhecer mais fatos antes de chegar a uma teoria, sr. Mac – disse ele, ajoelhando-se ao lado do cadáver. – Meu Deus! Estes ferimentos são devastadores. Podemos chamar o mordomo por um momento?... Ames, suponho que você tenha visto várias vezes esta estranha marca feita a ferro (um triângulo dentro de um círculo) no antebraço do sr. Douglas?

– Inúmeras vezes, senhor.

– Nunca ouviu nenhum comentário sobre seu significado?

– Não, senhor.

– Deve ter causado muita dor quando foi feita. Sem dúvida, trata-se de uma queimadura. Agora eu vejo, Ames, que há um pequeno curativo no queixo do sr. Douglas. Você viu isso quando ele estava vivo?

– Sim, senhor. Ele se cortou ao fazer a barba ontem de manhã.

– Você se lembra de ele ter se cortado ao fazer a barba em outras ocasiões?

– Há muito tempo isso não acontecia.

– Sugestivo! – disse Holmes. – Pode ser uma simples coincidência, é claro, ou pode indicar um certo nervosismo que revelaria que ele teria motivos para recear perigo. Você notou alguma diferença no comportamento dele ontem, Ames?

– Achei que estava um pouco inquieto e agitado, senhor.

– Ah! O assalto pode não ter sido de todo inesperado. Parece que estamos fazendo progresso, não é? Talvez o senhor prefira fazer as perguntas, sr. Mac?

– Não, sr. Holmes, o assunto está em boas mãos.

– Bem, então vamos para o cartão: V. V. 341. É de cartolina comum. Há alguma cartolina desse tipo na casa?

– Acho que não.

Holmes atravessou o quarto em direção à escrivaninha e derramou um pouco de tinta de cada um dos frascos no mata-borrão.

– Não foi escrito neste quarto – ele disse. – Esta, tinta é preta e a outra purpúrea. Foi escrito com pena grossa, e as penas daqui são finas. Não! Foi escrito em outro lugar, eu diria. Você entende algo do que está escrito, Ames?

– Não, senhor, nada.

– O que o senhor acha, sr. Mac?

– Dá a impressão de um tipo de sociedade secreta, assim como a insígnia no antebraço.

– É minha opinião também – disse White Mason.

– Bem, podemos usá-la como uma hipótese a ser trabalhada e ver se nossos obstáculos desaparecem. Um agente da dita sociedade entra na casa, espera pelo sr. Douglas, quase lhe arranca a cabeça com essa arma e foge pelo fosso, deixando este cartão ao lado do cadáver, que, ao ser mencionado nos jornais, avisa aos outros membros da sociedade que a vingança foi cumprida. Tudo se encaixa. Mas por que essa arma, se existem tantas outras?

– Exato.

– E por que a aliança desapareceu?

– Pois é!

– E por que ninguém foi preso? Já passa de duas horas. Imagino que, desde a madrugada, todos os policiais estejam procurando por um forasteiro molhado num raio de cinquenta quilômetros?

– Isso mesmo, sr. Holmes.

– Bem, a menos que ele tenha um esconderijo ou uma muda de roupas, eles terão de achá-lo. E mesmo assim, ainda não o acharam! – Holmes foi até a janela e examinou com sua lente a marca de sangue no peitoril. – É inegavelmente a marca de uma sola de sapato, de um pé chato, eu diria. É curioso, pois parece que a marca da lama do canto é da sola de um pé com mais relevo. No entanto, as duas marcas são muito pouco precisas. O que é isso embaixo do criado-mudo?

– Os halteres do sr. Douglas – disse Ames.

– Halteres... mas só há um. Onde está o outro?

– Não sei, sr. Holmes. Pode ser que só haja um. Há meses que eu não os via.

– Um haltere... – Holmes disse, sério; mas suas observações foram interrompidas por uma forte batida na porta.

Um homem alto, bronzeado, com ar inteligente e barba feita olhou para nós. Não tive dificuldade em adivinhar que era o tal Cecil Barker, de quem eu ouvira falar. Seus olhos autoritários passaram por todos os rostos, com um olhar inquiridor.

– Desculpem-me por interromper a reunião – disse ele –, mas precisam saber das novidades.

– Alguém foi preso?

– Não tivemos tanta sorte. Mas acharam a bicicleta dele. O sujeito deixou a bicicleta. Venham ver. Está perto da porta de entrada.

Encontramos três ou quatro estribeiros desocupados, de pé, examinando a bicicleta que tinha sido retirada de uma moita de sempre-vivas, onde tinha sido escondida. Era uma Rudge-Whitworth, toda molhada como se tivesse feito uma longa viagem. Tinha um alforje com uma chave de parafusos e uma lata de óleo, mas nenhuma indicação de quem fosse o proprietário.

– Seria de grande ajuda para a polícia – disse o inspetor –, se essas coisas fossem numeradas e registradas. Mas temos de ficar agradecidos por tê-la achado. Se não conseguimos descobrir para onde ele foi, ao menos é possível saber de onde veio. Mas, em nome de tudo o que é mais sagrado, o que fez com que o sujeito a deixasse aqui? E como conseguiu fugir sem a bicicleta? Parece que não temos nem uma nesga de luz sobre o caso, sr. Holmes.

– Não temos? – respondeu meu amigo, pensativo. – Duvido!

Capítulo 5

Os personagens do drama

– Já viram tudo o que queriam no estúdio? – perguntou White Mason ao voltar para a casa.

– Por enquanto – disse o inspetor, e Holmes assentiu com a cabeça.

– Então talvez agora queiram ouvir o depoimento de algumas pessoas da casa. Podemos usar a sala de jantar, Ames. Por favor, venha conosco e diga-nos primeiro o que sabe.

O relato do mordomo foi simples e claro, e ele deu uma impressão convincente de estar sendo sincero. Fora contratado há cinco anos, quando Douglas chegara em Birlstone. Acreditava que o sr. Douglas era um homem rico que tinha feito sua fortuna na América do Norte. Fora um patrão bom e atencioso, talvez não do tipo de patrão que Ames estava acostumado, mas não se pode querer tudo. Nunca vira qualquer sinal de medo no sr. Douglas; ao contrário, era o homem mais corajoso que conhecera. Mandava abaixar e levantar a ponte todas as noites, porque era o costume antigo da velha casa e ele gostava de manter os velhos hábitos.

O sr. Douglas raras vezes ia a Londres ou deixava o vilarejo, mas no dia anterior ao crime fora fazer compras em Tunbridge Wells. Ames notou certa inquietação e nervosismo por parte do sr. Douglas naquele dia, pois parecia impaciente e irritado, o que não era comum. Não fora se deitar naquela noite, ficara na copa nos fundos da casa, guardando as pratarias, quando ouviu a campainha tocar violentamente. Não escutou tiro algum; mas teria sido impossível escutar qualquer coisa, visto que a copa e as cozinhas ficavam no fundo da casa, e havia muitas portas e um longo corredor para chegar até lá. A governanta saíra do seu quarto, atraída pelo violento soar da campainha. Foram juntos para a parte da frente da casa.

Quando chegaram ao pé da escada, ele viu a sra. Douglas descendo. Não, ela não estava correndo, não lhe pareceu que ela estivesse muito nervosa. Assim que ela chegou ao pé da escada, o sr. Barker saiu do estúdio. Deteve a sra. Douglas e pediu-lhe que voltasse.

– Pelo amor de Deus, volte para o seu quarto! – ele gritou. – O coitado do Jack está morto! Você não pode fazer nada. Pelo amor de Deus, volte!

Depois de alguma insistência ao pé da escada, a sra. Douglas voltou. Ela não gritou. Não fez qualquer lamento. A sra. Allen, a governanta, levou-a para cima e ficou com ela no quarto. Ames e o sr. Barker então voltaram ao estúdio, onde encontraram tudo exatamente como a polícia tinha visto. A vela não estava acesa naquela hora, mas a lamparina queimava. Olharam pela janela, mas a noite estava muito escura e não conseguiram ver nem escutar nada. Correram então para o saguão, onde Ames acionou o mecanismo para abaixar a ponte. O sr. Barker, então, saiu apressado para chamar a polícia.

Em linhas gerais, esse foi o depoimento do mordomo.

O relato da sra. Allen, a governanta, foi, de certo modo, uma confirmação do que dissera o seu colega. O quarto dela ficava um pouco mais próximo da parte da frente da casa do que a copa onde Ames ficara trabalhando. Preparava-se para deitar, quando o forte soar da campainha chamou sua atenção. Tinha problemas auditivos. Talvez por isso não tivesse ouvido o tiro, mas, de qualquer modo, o estúdio ficava bem distante. Lembrava-se de ter ouvido um ruído que imaginara ser uma porta batendo. Isso foi bem antes... meia hora, pelo menos, antes da campainha soar. Quando o sr. Ames foi para a frente da casa, ela foi com ele. Ela viu o sr. Barker, muito pálido e agitado, sair do estúdio. Ele deteve a sra. Douglas, que descia a escada. Ele lhe suplicou que voltasse, e ela disse alguma coisa, que não conseguiu escutar.

– Leve-a para cima! Fique com ela! – ele teria dito à sra. Allen.

Por isso, ela a levou para o quarto e procurou acalmá-la. Estava muito agitada, com o corpo todo tremendo, mas nenhuma vez tentou descer . Ficou sentada de roupão perto da lareira, com a cabeça afundada nas mãos. A sra. Allen permaneceu ali com ela a maior parte da noite. Quanto aos outros criados, tinham ido aos seus quartos e só escutaram o alarme pouco antes de a polícia chegar. Eles dormiam bem nos fundos da casa e nada poderiam ter escutado.

O interrogatório da governanta nada acrescentou além de lamentos e expressões de surpresa.

Cecil Barker foi a testemunha seguinte, depois da sra. Allen. Em relação às ocorrências da noite anterior tinha pouco a acrescentar, pois ele já tinha contado tudo à polícia. Pessoalmente, estava convencido de que o assassino escapara pela janela. As manchas de sangue eram conclusivas a esse respeito, na sua opinião. Além disso, como a ponte estava levantada, não havia outro jeito de escapar. Não sabia explicar o que tinha sido feito do assassino, nem por que ele não tinha levado a bicicleta, caso fosse dele. Não era possível que tivesse se afogado no fosso, que não tinha mais de um metro de profundidade.

Na opinião dele, havia uma teoria muito clara para explicar o crime. Douglas era um homem reticente, e havia alguns capítulos na vida dele sobre os quais nunca falou. Emigrara para a América do Norte quando muito jovem. Havia enriquecido, e Barker conhecera-o na Califórnia, onde ficaram sócios de uma próspera concessão de mineração, num lugar chamado Benito Canon. Os negócios iam bem, mas Douglas vendeu tudo de repente e foi para a Inglaterra. Era viúvo na época. Mais tarde, Barker pegou seu dinheiro e foi viver em Londres. Dessa forma, eles retomaram a antiga amizade.

Douglas tinha-lhe dado a impressão de que havia algum perigo o ameaçando, e ele sempre achara que a súbita partida da Califórnia e também o fato de ter alugado uma casa num lugar tão tranquilo na Inglaterra tinham uma ligação com o tal perigo. Imaginara que havia uma sociedade secreta, uma organização implacável, perseguindo Douglas, que não descansaria antes de liquidá-lo. Algumas observações do outro lhe deram essa impressão, embora nunca tivesse lhe contado de que sociedade se tratava, nem de que modo ele a havia desobedecido. Ele só podia supor que a inscrição no cartão fosse uma referência a essa sociedade secreta.

– Quanto tempo o senhor ficou com Douglas na Califórnia? – perguntou o inspetor MacDonald.

– Cinco anos ao todo.

– Segundo o senhor, ele era solteiro?

– Viúvo.

– O senhor sabia de onde era a primeira esposa dele?

– Não. Lembro-me de ele dizer que era de família alemã, e vi um retrato dela. Era uma mulher muito bonita. Morreu de tifo, um ano antes de eu o conhecer.

– O senhor associa o passado dele com alguma parte da América do Norte?

– Eu o ouvi falar sobre Chicago. Conhecia bem a cidade e ali trabalhara. Eu o ouvi falar sobre as regiões de carvão e ferro. Ele viajou muito naquela época.

– Participava de política? Essa sociedade secreta tem alguma relação com política?

– Não, não se interessava nada por política.

– O senhor tem algum motivo para supor que ele fosse um criminoso?

– Pelo contrário, nunca encontrei um homem mais honesto em toda minha vida.

– Havia algo de estranho na vida dele na Califórnia?

– Ele preferia ficar e trabalhar na nossa propriedade nas montanhas. Evitava os lugares onde havia outros homens, quando possível. Por isso achei que alguém o perseguia. Quando foi para a Europa tão repentinamente, tive certeza disso. Acredito que recebeu algum tipo de ameaça. Menos de uma semana após a sua partida, havia uma dezena de homens perguntando por ele.

– Que tipo de homens?

– Bem, era uma turma da pesada. Foram até a nossa mina para saber o paradeiro de Douglas. Eu lhes disse que tinha ido para a Europa e que não sabia como encontrá-lo. Eles não tinham boas intenções... era fácil perceber.

– Esses homens eram norte-americanos da Califórnia?

– Não sei se eram da Califórnia. Mas eram norte-americanos. Não eram mineiros. Não sei o que eram e fiquei contente quando foram embora.

– Isso foi há seis anos?

– Quase sete.

– E, portanto, se os senhores estiveram juntos cinco anos na Califórnia, este fato ocorreu há pelo menos onze anos?

– Isso mesmo.

– Deve ter sido uma rivalidade muito séria essa, para resistir por tanto tempo e com tanta intensidade. Não seria uma coisa sem importância que daria origem a isso.

– Acho que o acompanhou a vida toda. Nunca saiu da sua cabeça.

– Mas se há um perigo rondando um homem, e se ele soubesse do que se trata, o senhor não acha que ele procuraria proteção com a polícia?

– Talvez fosse um perigo contra o qual ele não pudesse ser protegido. Há uma coisa que o senhor precisa saber. Ele andava sempre armado. Nunca tirava o revólver do bolso. Mas, por azar, estava de roupão e deixou a arma no quarto, ontem à noite. Com a ponte levantada, imagino que achou que estava seguro.

– Eu gostaria de ter essas datas de uma forma mais clara – disse MacDonald. – Ele partiu da Califórnia há seis anos. O senhor fez o mesmo no ano seguinte, não é?

– Isso mesmo.

– Ele foi casado por cinco anos. O senhor deve ter voltado na época do casamento dele.

– Cerca de um mês antes. Eu fui o padrinho.

– O senhor conhecia a sra. Douglas antes do casamento?

– Não. Estive longe da Inglaterra por dez anos.

– Mas o senhor a viu com frequência desde então.

Barker olhou de modo inflexível para o detetive.

– Eu o vi com frequência desde então – ele respondeu. – Se a vi, é porque não se pode visitar um homem sem conhecer sua esposa. Se o senhor imagina que há alguma ligação...

– Eu não imagino nada, sr. Barker. Sou obrigado a fazer todas as perguntas que possam ter alguma relação com o caso. Não é minha intenção ofendê-lo.

– Algumas perguntas são ofensivas – Barker respondeu, irritado.

– Só queremos fatos. É do seu interesse, e de todos,

que eles sejam esclarecidos. O sr. Douglas aprovava sua amizade com a esposa dele?

Barker ficou mais pálido e apertou suas mãos grandes e fortes de modo convulsivo.

– O senhor não tem o direito de fazer uma pergunta dessas! – gritou. – O que isso tem a ver com o assunto que o senhor está investigando?

– Vou repetir a pergunta.

– Bem, recuso-me a responder.

– O senhor pode se recusar a responder, mas saiba que a recusa em si já é uma resposta. Porque o senhor não se recusaria a responder se não tivesse nada a esconder.

Barker ficou imóvel, mergulhado em pensamentos por uns instantes, com a expressão soturna e as sobrancelhas contraídas. Depois abriu um sorriso.

– Bem, suponho que os senhores estão apenas cumprindo seu dever, cavalheiros, e que não tenho o direito de atrapalhar. Apenas lhes peço que não aborreçam a sra. Douglas com esse assunto, pois ela já sofreu bastante. Posso dizer-lhes que o coitado do Douglas só tinha um defeito na vida, que era o ciúme. Ele gostava de mim... nenhum homem poderia querer tão bem a um amigo quanto ele queria a mim. E era devotado à esposa. Ele gostava que eu viesse aqui e sempre me convidava. No entanto, se sua esposa e eu conversássemos ou houvesse algum tipo de simpatia entre nós, era tomado por um súbito ataque de ciúme, perdia a cabeça e dizia as piores coisas do mundo. Mais de uma vez jurei não vir mais aqui por essa razão, mas em seguida ele me escrevia cartas tão arrependidas e suplicantes que eu voltava atrás. Mas, podem acreditar, cavalheiros, palavra de honra, que jamais existiu uma esposa mais fiel e amorosa... e digo-lhes também que nenhum amigo poderia ter sido mais leal do que eu.

Disse isso com paixão e emoção, mas mesmo assim o inspetor MacDonald não conseguiu encerrar o assunto.

– O senhor sabe – disse ele – que a aliança do morto foi tirada do seu dedo?

– Parece – disse Barker.

– O que o senhor quer dizer com "parece"? O senhor sabe que é um fato.

O homem continuou confuso e indeciso.

– Quando disse "parece", quis dizer que é possível que ele mesmo tenha tirado o anel.

– O simples fato de faltar a aliança, não importa quem a tenha tirado, sugere a qualquer um que há uma ligação entre o casamento e a tragédia, o senhor não acha?

Barker encolheu os ombros largos.

– Não sei ao certo o que significa – respondeu. – Mas se o senhor estiver sugerindo que isso de alguma forma pode refletir na honra desta senhora... – seus olhos reluziram por um instante e depois, com aparente esforço, controlou suas emoções – bem, nesse caso, o senhor está seguindo a pista errada, é só isso.

– Nada mais tenho a lhe perguntar, por enquanto – disse MacDonald, com um tom seco.

– Há um pequeno detalhe – observou Sherlock Holmes. – Quando o senhor entrou no quarto, havia apenas uma vela acesa sobre a mesa, não é?

– Sim, isso mesmo.

– Com essa iluminação, o senhor viu que algo terrível tinha acontecido?

– Exato.

– O senhor pediu ajuda de imediato?

– Sim.

– E chegou depressa?

– Em um minuto, mais ou menos.

– E, no entanto, quando eles chegaram encontraram a vela apagada e a lamparina acesa. Isso parece notável!

De novo Barker mostrou sinais de indecisão.

– Não vejo nada de notável, sr. Holmes – respondeu, depois de fazer uma pausa. – A vela tinha uma luz muito fraca. Minha primeira ideia foi ter uma luz melhor. A lamparina estava sobre a mesa, e então eu a acendi.

– E apagou a vela?

– Exato.

Holmes não fez mais perguntas, e Barker, com um olhar demorado para cada um de nós, que me pareceu um tanto provocativo, virou-se e saiu do quarto.

O inspetor MacDonald enviara um bilhete dizendo que esperaria pela sra. Douglas no quarto dela, mas ela respondeu que nos encontraria na sala de jantar. Ela entrou na sala, uma mulher de trinta anos, alta e bela, muito controlada e discreta, bem diferente da imagem trágica e perturbada que eu imaginara. É verdade que seu rosto estava lívido e abatido, como de alguém que sofreu um grande choque; mas os seus modos eram tranquilos, e as mãos delicadas que pousou na beira da mesa estavam tão firmes quanto as minhas. Seus olhos tristes e atraentes passavam por todos nós, com uma expressão de curiosa indagação. O olhar interrogativo de súbito transformou-se em uma fala abrupta.

– Já encontraram alguma coisa? – ela perguntou.

Seria a minha imaginação ou havia um certo tom de medo em vez de esperança na pergunta?

– Tomamos todas as providências, sra. Douglas – disse o inspetor. – A senhora pode ter certeza de que nada será negligenciado.

– Não poupem dinheiro – ela disse, num tom cansado e regular. – Meu desejo é que todo o esforço possível seja feito.

– Talvez a senhora possa nos contar alguma coisa que traga alguma luz ao caso.

– Receio que não, mas tudo o que sei está à sua disposição.

– Soubemos pelo sr. Cecil Barker que a senhora não viu... que a senhora não entrou no quarto onde ocorreu a tragédia?

– Não, ele me fez voltar para cima. Implorou-me que eu voltasse para meu quarto.

– Pois é. A senhora ouviu o disparo e desceu imediatamente.

– Vesti meu roupão e então desci.

– Quanto tempo depois de escutar o tiro a senhora foi detida na escada pelo sr. Barker?

– Devem ter sido uns dois minutos. É tão difícil calcular o tempo numa hora dessas. Ele implorou que eu não fosse. Assegurou-me de que eu não podia fazer nada. Então a sra. Allen, a governanta, levou-me para cima de novo. Era como se fosse um pesadelo.

– A senhora pode nos dar uma ideia de quanto tempo o seu marido esteve embaixo antes que a senhora ouvisse o disparo?

– Não sei. Ele estava no quarto de vestir antes, e eu não o ouvi ir para lá. Todas as noites ele dava uma volta pela casa, pois tinha medo de incêndio. Era a única coisa, de meu conhecimento, de que ele tinha medo.

– É nesse ponto que eu quero chegar, sra. Douglas. A senhora só conheceu o seu marido na Inglaterra, não é?

– Sim, fomos casados por cinco anos.

– A senhora o ouviu falar de alguma coisa que tenha acontecido na América do Norte e que pudesse lhe oferecer algum perigo?

A sra. Douglas pensou seriamente antes de responder.

– Sim – ela disse, por fim. – Sempre achei que havia um perigo o ameaçando. Ele se recusava a conversar sobre isso comigo. Não por falta de confiança em mim, sempre houve o mais completo amor e confiança entre nós, mas não queria que eu me preocupasse. Ele achava que eu poderia ficar aflita se soubesse de tudo, e então não falava nada.

– Como a senhora ficou sabendo, então?

O rosto da sra. Douglas iluminou-se com um sorriso.

– É possível um marido manter um segredo o tempo todo, e uma esposa que o ama não suspeitar de nada? Eu soube porque ele se recusava a falar sobre certos episódios da sua vida na América do Norte. Eu soube por certas precauções que ele tomou. Por certas palavras que ele deixou escapar. Soube pelo seu jeito de olhar para pessoas estranhas que encontrava de improviso. Eu estava certa de que ele tinha inimigos perigosos no seu encalço, dos quais ele estava sempre se protegendo. Eu tinha tanta certeza que durante anos fiquei aterrorizada quando ele se atrasava ao voltar para casa.

– Posso perguntar-lhe – falou Holmes – quais foram as palavras que chamaram sua atenção?

– O Vale do Terror – respondeu a mulher. – Esta era a expressão que ele usava quando eu lhe fazia perguntas: "Estive no Vale do Terror. Ainda não saí."... "Nunca sairemos do Vale do Terror?", perguntava-lhe quando ficava mais sério do que de costume. "Às vezes penso que não", ele respondia.

– Com toda certeza perguntou-lhe o que queria dizer Vale do Terror?

– Sim, mas seu rosto ficava muito sério e ele sacudia a cabeça. "Já é muito ruim que um de nós tenha estado sob sua sombra", ele dizia. "Peço a Deus que nunca aconteça com você!" Era algum vale real no qual ele vivera e algo terrível lhe acontecera, tenho certeza; mas não posso lhe dizer mais nada.

– E ele nunca mencionou algum nome?

– Sim, certa vez, quando estava delirando com febre, depois de um acidente durante uma caçada há três anos. Lembro-me de um nome que lhe vinha aos lábios sem cessar. Ele falava com raiva e também com certo horror. O nome era McGinty... grão-mestre McGinty. Quando ficou bom, perguntei-lhe quem era esse grão-mestre McGinty, e de quem era grão-mestre. "Não era meu, graças a Deus!", ele respondeu rindo, e é tudo que fiquei sabendo por meio dele. Mas existe uma relação entre o grão-mestre McGinty e o Vale do Terror.

– Há mais um ponto – disse o inspetor MacDonald. – A senhora conheceu o sr. Douglas numa pensão em Londres e ficaram noivos, não é? Houve alguma aventura romântica, alguma coisa secreta ou misteriosa, no casamento?

– Romantismo. Sempre há romantismo. Não houve nenhum mistério.

– Ele não tinha rivais?

– Não, eu era livre.

– É de seu conhecimento, sem dúvida, que a aliança dele desapareceu. Isso lhe sugere alguma coisa? Supondo que algum inimigo de sua vida passada o tivesse seguido e cometido esse crime, que razões teria para tirar a aliança?

Por um instante, eu poderia jurar que vi um sorriso se esboçar nos lábios da mulher.

– Não posso lhe dizer – ela respondeu. – É certo que é extraordinário.

– Bem, não vamos detê-la por mais tempo e pedimos desculpas por termos importunado a senhora num momento desses – disse o inspetor. – Há alguns outros pontos, sem dúvida; mas falaremos de novo à medida que surgirem.

Ela se levantou e, mais uma vez, percebi o olhar rápido e inquiridor com que ela nos examinou.

– Que impressão o meu depoimento causou em vocês? – a pergunta poderia ter sido feita em voz alta. Depois, com uma saudação ela se retirou da sala.

– É uma bela mulher... muito bonita – disse MacDonald, pensativo, depois que a porta se fechou atrás dela.

– É certo que esse tal de Barker veio várias vezes para cá. Ele é um homem que consegue ser atraente para as mulheres. Ele admite que o morto sentia ciúmes e talvez conhecesse os motivos que tinha para ser ciumento. E também há a questão da aliança. Não dá para ignorar. Um homem que tira a aliança de um morto... o que o senhor diria, sr. Holmes?

Meu amigo estava sentado com a cabeça apoiada nas mãos, mergulhado nos mais profundos pensamentos. Então, levantou-se e tocou a campainha.

– Ames – ele disse, quando o mordomo entrou –, onde está o sr. Cecil Barker agora?

– Vou ver, senhor.

Ele voltou logo, dizendo que Barker estava no jardim.

– Você se lembra, Ames, o que o sr. Barker usava nos pés ontem à noite, quando o acompanhou até o estúdio?

– Sim, sr. Holmes. Um par de chinelos. Eu lhe trouxe as botas, quando ele foi à polícia.

– Onde estão os chinelos agora?

– Ainda estão embaixo da cadeira no saguão.

– Muito bem, Ames. É claro que é muito importante para nós saber quais são as pegadas do sr. Barker e quais são de pessoas de fora.

– Sim, senhor. Devo dizer que percebi que os chinelos estavam com manchas de sangue... assim como os meus.

– Isso é muito natural, considerando-se o estado geral do quarto. Muito bem, Ames. Nós o chamaremos, se necessário.

Poucos minutos depois, estávamos no estúdio. Holmes trouxera os chinelos do saguão. Como Ames dissera, as solas dos dois pés estavam escuras de sangue.

– Estranho! – murmurou Holmes, ao se aproximar da luz da janela e examiná-los com cuidado. – Muito estranho mesmo!

Abaixando-se com um movimento felino, ele colocou o chinelo sobre a marca de sangue do peitoril. Havia uma correspondência exata entre os dois. Ele sorriu em silêncio para os colegas.

O inspetor estava transfigurado de tanta agitação. O seu sotaque parecia cada vez mais forte.

– Rapaz! – ele gritou – não há dúvida! Foi Barker quem fez as marcas na janela. É muito mais larga do que a marca de uma bota. Lembro que o senhor disse que era um pé chato, e eis a explicação. Mas qual é o plano, sr. Holmes... qual é o plano?

– Sim, qual é o plano? – meu amigo repetiu, pensativo.

White Mason ria e esfregava suas mãos gordas, com uma satisfação profissional.

– Eu disse que era um caso complicado! – ele exclamou. – É um caso muito complicado!

Capítulo 6

Uma luz inicial

Os três detetives tinham muitos detalhes para investigar, por isso voltei sozinho para nossos modestos aposentos na estalagem. Mas antes de ir para lá, fiz um passeio pelo extraordinário jardim que cercava a casa. Filas de teixos muito velhos, podados com estranhos desenhos, circundavam-no. Na parte de dentro havia uma relva muito bonita com um antigo relógio de sol no centro; o efeito era tão apaziguador e tranquilo que fez bem aos meus nervos um tanto irritados.

Naquela atmosfera tão calma era possível esquecer ou lembrar, como se fosse só um enorme pesadelo, do lúgubre estúdio com o corpo banhado em sangue, estatelado no chão. E, no entanto, enquanto eu dava voltas e tentava mergulhar minha alma nesse suave bálsamo, aconteceu um fato estranho que me trouxe de volta à tragédia, deixando uma impressão sinistra em minha mente.

Eu disse que o jardim era cercado por teixos ornamentados. Na parte mais distante da casa, eles se juntavam formando uma cerca viva. Do outro lado dessa cerca viva, fora do alcance da visão de quem viesse na direção da casa, havia um banco de pedra. Ao me aproximar do local, escutei vozes, um comentário, com a voz grave de um homem, e uma resposta, com o leve sussurro de uma risada feminina.

Pouco depois cheguei perto da cerca viva e o meu olhar deparou-se com a sra. Douglas e o tal Barker antes que eles percebessem a minha presença. A aparência dela me deixou chocado. Na sala de jantar, ela comportara-se de modo discreto e recatado. Agora toda pretensão de tristeza desaparecera. Seus olhos brilhavam com alegria de viver e seu rosto palpitava com os gracejos do seu companheiro. Ele estava sentado, inclinado para frente, com as mãos entrelaçadas, os braços apoiados nos joelhos e um sorriso interessado no belo e atrevido rosto. Em um instante – mas já era tarde – eles retomaram suas máscaras solenes, quando apareci diante deles. Trocaram uma ou duas breves palavras entre si e então Barker levantou-se e veio em minha direção.

– Com licença, senhor – ele disse –, mas é com o dr. Watson que estou falando?

Eu o cumprimentei com frieza, o que, devo dizer, mostrou claramente a impressão produzida em mim.

– Achamos que deve ser o senhor, pois sua amizade com o sr. Holmes é tão famosa. O senhor se importaria de vir aqui e conversar com a sra. Douglas por um instante?

Segui-o de cara fechada. Eu ainda via com nitidez o corpo estatelado no chão. Aqui, poucas horas após a tragédia, estavam a esposa e o melhor amigo rindo atrás de uma moita no jardim que havia sido dele. Cumprimentei a mulher com reserva. Eu tinha compartilhado da tristeza dela na sala de jantar. Agora retribuía seu olhar de súplica com um olhar gélido.

– Receio que o senhor me julgue insensível e sem compaixão – disse ela.

Encolhi os ombros.

– Não é da minha conta – disse eu.

– Talvez um dia o senhor compreenda...

– Não há necessidade de o dr. Watson compreender – disse Barker depressa. – Como ele mesmo disse, não é da conta dele.

– Exato – disse eu –, então peço licença para continuar o meu passeio.

– Um momento, dr. Watson – exclamou a mulher, com voz suplicante. – Há uma pergunta que o senhor pode responder com mais autoridade do que qualquer outra pessoa e que pode fazer uma grande diferença para mim. O senhor conhece o sr. Holmes e sua relação com a polícia melhor do que todos. Se ele fosse informado sobre um assunto em termos confidenciais, seria absolutamente necessário que o relatasse aos detetives?

– Sim, é isso mesmo – disse Barker, ansioso. – Ele trabalha sozinho ou junto com os outros?

– Na verdade, não sei se tenho o direito de discutir esse assunto.

– Eu suplico... eu imploro, dr. Watson! Garanto-lhe que o senhor estaria nos ajudando... ajudando muito, se nos orientasse sobre esse assunto.

Havia tanta sinceridade na voz da mulher que, por um instante, esqueci sua frivolidade e senti-me tentado a atender seu pedido.

– O sr. Holmes é um investigador independente – eu disse. – É seu próprio patrão e age de acordo com suas próprias ideias. Ao mesmo tempo, ele é naturalmente fiel aos funcionários com os quais trabalha no mesmo caso e não esconderia nada deles que pudesse ajudá-los a levar um criminoso à justiça. Nada posso dizer além disso, e procuraria o próprio sr. Holmes, se quisesse informações mais completas.

Ao dizer isso, fiz uma saudação com meu chapéu e retomei meu caminho, deixando-os ainda sentados atrás da moita escondida. Olhei para trás, quando dei a volta no final, e vi que ainda conversavam muito seriamente e, porque olhavam para mim, eu sabia que a nossa conversa era o tema do diálogo deles.

– Não quero saber de confidência alguma deles – disse Holmes, quando lhe contei o ocorrido. Ele passara a tarde toda na mansão em conversa com seus dois colegas e voltara às cinco horas, com um apetite voraz para tomar o chá que eu havia pedido. – Sem confidências, Watson; pois elas seriam constrangedoras no caso de prisão por conspiração e assassinato.

– Você acha que isso pode acontecer?

Ele estava muito alegre e afável.

– Meu caro Watson, quando eu tiver exterminado aquele quarto ovo, estarei em condições de deixá-lo a par da situação. Não digo que nos aprofundamos muito, longe disso, mas quando encontrarmos o haltere desaparecido...

– O haltere!

– Puxa vida, Watson! Será possível que você ainda não compreendeu que o caso todo gira em torno do haltere desaparecido? Ora, não precisa ficar triste, pois cá entre nós acho que nem o inspetor Mac nem o excelente funcionário local perceberam a extraordinária importância desse incidente. Um haltere, Watson! Imagine um atleta com um haltere! Calcule o desenvolvimento unilateral, o perigo iminente de uma curvatura na espinha. Escandaloso, Watson, escandaloso!

Ficou ali sentado comendo a torrada e os olhos com brilho de travessura, observando a minha confusão intelectual. O simples fato de estar com muito apetite era uma certeza de sucesso; pois eu tinha lembranças vivas de dias e noites sem nem pensar em comida, quando sua mente desconcertada se dedicava a algum problema, enquanto seu magro e delgado corpo ficava ainda mais magro com o asceticismo da total concentração mental. Por fim, acendeu o cachimbo e, sentado ao pé do fogo na estalagem do antigo vilarejo, falou devagar e desordenadamente sobre o caso, como se estivesse pensando em voz alta, e não como alguém que faz um depoimento planejado.

– Uma mentira, Watson... uma grande, enorme, imensa e formidável mentira, eis o que nos espera no início! É o nosso ponto de partida. A história inteira contada por Barker é uma mentira. Mas a história de Barker é confirmada pela sra. Douglas. Portanto, ela também está mentindo. Ambos mentem, é uma conspiração. Então temos um problema bem delineado. Por que estão mentindo e qual é a verdade que tanto querem esconder? Vamos tentar, Watson, você e eu, desmascarar essa mentira e reconstruir a verdade. Como sei que estão mentindo? Pois é uma fabricação malfeita que simplesmente não pode ser verdadeira. Pense bem! Segundo a história que nos contaram, o assassino teve menos de um minuto depois do cometer o crime para tirar o anel, que estava embaixo de outro anel, do dedo do morto, recolocar o anel (algo que com toda certeza ele jamais faria) e então deixar aquele estranho cartão ao lado da vítima. É óbvio que isso é impossível. Você poderia argumentar (embora eu respeite muito suas ideias, para achar que o faça, Watson) que a aliança tivesse sido tirada antes de o homem ter sido assassinado. O fato de que a vela fora acesa pouco antes demonstra que a conversa não foi longa. Seria Douglas, pelo que sabemos de seu caráter destemido, capaz de entregar sua aliança sem opor resistência, ou melhor, podemos achar que ele a entregou? Não, não, Watson! O assassino ficou sozinho com o morto por algum tempo com a lamparina acesa. Não tenho dúvidas a esse respeito. Mas aparentemente o tiro foi a causa da morte. Portanto, o tiro deve ter sido disparado um pouco antes do que nos contaram. Mas não deveria haver dúvidas sobre isso. Por conseguinte, estamos diante de uma conspiração premeditada, feita por duas pessoas que ouviram o tiro da espingarda... o tal Barker e a mulher de Douglas. Para coroar tudo isso, demonstro que a marca de sangue no peitoril da janela foi feita ali de propósito por Barker, para dar uma pista falsa para a polícia, mas você tem de admitir que o caso está ficando cada vez mais contra ele. Agora devemos nos perguntar a que horas o assassinato ocorreu de fato. Até as dez e meia, os criados se movimentavam pela casa; portanto, é certo que não foi antes disso. Quinze para as onze, todos tinham ido para seus quartos, exceto Ames, que estava na copa. Fiz algumas experiências depois que você saiu hoje à tarde e descobri que os ruídos que MacDonald fazia no estúdio não chegavam a mim na copa quando todas as portas estavam fechadas. Contudo, o mesmo não ocorreu no quarto da governanta. Não fica tão longe assim, e de lá eu pude ouvir vozes quando falavam alto. O som de um tiro de espingarda é um tanto abafado quando o disparo é muito próximo, como, sem dúvida, aconteceu nesse caso. Não deve ter sido muito alto, mas no silêncio da noite deve ter penetrado no quarto da sra. Allen. Segundo nos disse, ela é um pouco surda; não obstante, ela mencionou no depoimento que ouviu algo como uma porta batendo meia hora antes de soar o alarme. Meia hora antes de soar o alarme eram quinze para as onze. Não tenho dúvidas de que ela escutou o disparo da arma e de que foi o momento exato do crime. Se for isso, e presumindo que Barker e a sra. Douglas não são os verdadeiros assassinos, temos agora de determinar o que estariam fazendo das quinze para as onze, quando o barulho do tiro os levou para baixo, até onze e quinze, quando tocaram a campainha e chamaram os criados. O que faziam e por que não tocaram a campainha de imediato? Eis a questão que temos diante de nós e quando for respondida teremos dado um passo para a resolução de nosso problema.

– Estou convencido – disse eu – de que existe um acordo entre essas duas pessoas. Ela deve ser uma pessoa cruel para rir de qualquer bobagem poucas horas depois do assassinato do marido.

– Exato. Ela não se comportou como uma esposa nem mesmo ao contar o que aconteceu. Não sou, como você bem sabe, Watson, um grande admirador de mulheres, mas minha experiência de vida me ensinou que raramente uma esposa com o mínimo de consideração pelo marido permite que as palavras de alguém se interponham entre ela e o corpo do esposo. Se algum dia eu me casar, Watson, gostaria de inspirar em minha esposa um sentimento que a impedisse de ser barrada por uma governanta quando meu cadáver estivesse estendido a poucos metros dela. Isso foi mal ensaiado, pois o mais novato dos investigadores ficaria intrigado com a falta da habitual choradeira feminina. Mesmo que não houvesse mais nada, só esse incidente, para mim, já sugere uma conspiração planejada.

– Você acha mesmo, então, que Barker e a sra. Douglas são os culpados do crime?

– Suas perguntas são terrivelmente diretas, Watson – disse Holmes, apontando o cachimbo na minha direção. – Parecem balas atiradas contra mim. Se você disser que a sra. Douglas e Barker sabem a verdade sobre o crime e estão conspirando para encobri-la, então posso lhe dar uma resposta sincera. Tenho certeza que sim. Mas sua sugestão mais radical não é tão clara. Vamos pensar um pouco sobre os obstáculos que estão no caminho. Vamos supor que esse casal está unido pelos laços de um amor culpado e que estavam determinados a se livrar do homem existente entre eles. É uma vaga suposição, pois uma investigação discreta entre os criados e outras pessoas não a confirmou. Ao contrário, há muitas evidências de que o casal Douglas era muito unido.

– Isso não pode ser verdade, tenho certeza – disse eu, pensando no belo rosto sorridente no jardim.

– Bem, ao menos eles me deram essa impressão. Contudo, vamos supor que se trata de um casal extremamente hábil, que enganou a todos nesse ponto e tramou para matar o marido dela. Ele é um homem que corre perigo...

– Só temos a palavra deles sobre isso.

Holmes ficou pensativo.

– Entendo, Watson. Você elaborou uma teoria pela qual tudo o que eles dizem desde o início é falso. De acordo com as suas ideias, nunca houve qualquer ameaça oculta, nem sociedade secreta, nem Vale do Terror, nem grão-mestre McAlguém, nem nada. Bem, essa é uma generalização devastadora. Vejamos onde isso nos leva. Eles inventam essa teoria para explicar o crime. Então reforçam a ideia deixando essa bicicleta no parque como prova da existência de um forasteiro. A marca de sangue no peitoril da janela dá a mesma ideia. E também o cartão sobre o corpo, que pode ter sido escrito na casa. Tudo se encaixa na sua hipótese, Watson. Mas agora chegamos nas partes chatas, inflexíveis e cheias de ângulos que não se encaixam. Por que, de todas as armas, uma espingarda serrada... e, além disso, norte-americana? Como poderiam ter tanta certeza de que o barulho não chamaria a atenção de alguém? Foi um mero acaso que a sra. Allen não tenha saído para ver a porta que bateu. Por que os seus dois culpados fariam isso, Watson?

– Confesso que não sei explicar.

– E mais, se uma mulher e o amante conspiram para matar o marido, eles proclamariam sua culpa ao remover ostensivamente a aliança após o crime? Você acha isso provável, Watson?

– Não, não é.

– E mais ainda, se a ideia de deixar a bicicleta escondida do lado de fora tivesse ocorrido a você, valeria a pena fazê-lo, quando o detetive mais ignorante logo perceberia nisso uma pista falsa, já que a bicicleta é a primeira coisa de que o fugitivo precisaria?

– Não consigo pensar em nenhuma explicação.

– E, no entanto, não existe nenhuma combinação de acontecimentos para a qual a inteligência do homem não possa imaginar uma explicação. Só como um simples exercício mental, sem pretensão de ser verdadeiro, deixe-me expor uma linha de pensamento possível. Admito tratar-se de simples imaginação, mas quantas vezes a imaginação é a mãe da verdade? Vamos supor que houvesse um segredo criminoso, um segredo verdadeiramente vergonhoso na vida do tal Douglas. Isso leva ao seu assassinato, cometido por um suposto vingador, alguém vindo de fora. Esse vingador, por motivos para os quais ainda não encontrei uma explicação, confesso, pegou a aliança do morto. A vingança pode ter relação com o primeiro casamento do homem e o roubo do anel também. Antes que o vingador escapasse, Barker e a esposa chegaram no quarto. O assassino os convenceu de que qualquer tentativa de detê-lo implicaria a revelação de algum escândalo terrível. Os dois se convenceram e preferiram deixá-lo partir. Por isso talvez tenham baixado a ponte, o que pode ser feito sem muito barulho, e depois levantaram-na. Ele fugiu e por algum motivo achou mais seguro ir a pé do que com a bicicleta. Portanto, deixou-a num lugar onde não seria descoberta até que estivesse a salvo. Até aqui estamos dentro dos limites da plausibilidade, não é?

– Bem, é plausível, sem dúvida – disse eu, com uma certa reserva.

– Devemos nos lembrar, Watson, de que seja lá o que aconteceu, é certo que se trata de algo extraordinário. Bem, então, para continuar o nosso caso hipotético, os dois (não necessariamente um casal criminoso) perceberam, depois que o assassino foi embora, que estavam numa situação complicada de ter de provar que não tinham cometido e nem tinham sido coniventes com o crime. Enfrentaram a situação de um modo rápido e inábil. A marca foi feita no peitoril da janela com o chinelo ensanguentado de Barker, para sugerir a maneira pela qual o assassino fugiu. É óbvio que foram os dois que ouviram o barulho da arma, portanto fizeram soar o alarme, como teriam mesmo feito, apenas com meia hora de atraso.

– E como você espera provar tudo isso?

– Bem, se houvesse um forasteiro, ele poderia ser localizado e preso. Seria a prova mais eficaz. Mas se não... bem, os recursos da ciência ainda não estão esgotados. Acho que uma noite sozinho naquele estúdio seria de grande ajuda.

– Uma noite sozinho!

– Estou disposto a ir para lá agora. Combinei com o amável Ames, que não sente muita simpatia por Barker. Vou me sentar naquele quarto e ver se aquela atmosfera me traz alguma inspiração. Acredito no gênio protetor. Você ri, amigo Watson. Bem, veremos. A propósito, você trouxe aquele seu guarda-chuva grande, não é?

– Está aqui.

– Bem, posso pegá-lo?

– Claro... mas que péssima arma! Se houver perigo...

– Nada sério, meu caro Watson, caso contrário é certo que eu pediria seu auxílio. Mas levarei o guarda-chuva. Agora só estou esperando que nossos colegas voltem de Tunbridge Wells, onde estão no momento, ocupados em procurar o possível proprietário da bicicleta.

O inspetor MacDonald e White Mason só voltaram da viagem depois do anoitecer. Chegaram radiantes, contando que haviam feito grandes avanços nas investigações.

– Rapaz, devo *admitirr* que tinha dúvidas de que houvesse um forasteiro – disse MacDonald. – Mas isso já é passado. Identificamos a bicicleta e temos uma descrição do nosso homem; isso é um grande passo na nossa jornada

– Parece-me o começo do fim – disse Holmes. – Devo dar os parabéns aos dois, do fundo do coração.

– Bem, comecei pelo fato de o sr. Douglas parecer perturbado no dia anterior, quando foi a Tunbridge Wells. Foi lá que tomou consciência do perigo. Era claro, portanto, que se um homem tivesse vindo de bicicleta, era de se esperar que viesse de Tunbridge Wells. Levamos a bicicleta conosco e a mostramos nos hotéis. De pronto foi identificada pelo gerente do Eagle Commercial, que disse que ela pertencia a um homem chamado Hargrave, que tinha se hospedado ali dois dias antes. A bicicleta e uma maleta eram todos os seus pertences. Ele se registrou como se vindo de Londres, mas não tinha deixado endereço algum. A maleta era de Londres e o conteúdo, britânico, mas o homem sem dúvida era norte-americano.

– Bem, bem – disse Holmes, com alegria –, vocês fizeram um trabalho concreto, enquanto eu fiquei aqui sentado tecendo ideias com o meu amigo! É uma aula sobre a praticidade, sr. Mac.

– Sim, é isso mesmo, sr. Holmes – disse o inspetor, com satisfação.

– Mas isso pode se encaixar nas suas teorias – observei.

– Pode ser que sim e pode ser que não. Mas ouçamos até o fim, sr. Mac. Não havia nada que identificasse o homem?

– Tão pouco, que ficou evidente que ele se protegeu com muito cuidado para não ser identificado. Não havia papéis ou cartas nem marcas nas roupas. Havia um mapa de ciclovias da região na mesa do quarto. Deixou o hotel depois do café, ontem de manhã, de bicicleta, e não se ouviu mais nada dele até a nossa investigação.

– Isso me intriga, sr. Holmes – disse White Mason. – Se o sujeito não quisesse suscitar o clamor público contra ele, teria voltado e ficado no hotel como um turista inofensivo. Assim, ele deve saber que o gerente do hotel comunicará à polícia, e que seu desaparecimento será ligado ao assassinato.

– É de se supor. No entanto, ele demonstrou ser esperto até agora, pois ainda não foi pego. Mas, a descrição... que tal?

MacDonald pegou o bloco de notas.

– Está aqui, tudo o que nos disseram. Parece que não prestaram muita atenção, mas o porteiro, o empregado e a arrumadeira concordaram a respeito desses pontos. É um homem de cerca de um metro e oitenta de altura, cinquenta e poucos anos, o cabelo um pouco grisalho, bigode acinzentado, nariz curvilíneo e um rosto que todos descreveram como feroz e ameaçador.

– Bem, exceto a expressão, poderia ser quase a descrição do próprio Douglas – disse Holmes. – Ele tem cerca de cinquenta anos, cabelo e bigode grisalhos e quase a mesma altura. Descobriram mais alguma coisa?

– Usava um terno cinza pesado com paletó de marinheiro, um sobretudo amarelo curto e um chapéu.

– E a arma?

– Tem mais ou menos cinquenta centímetros. Podia estar dentro da maleta. Ele poderia tê-la levado debaixo do sobretudo sem problemas.

– E como o senhor acha que isso se relaciona com o caso?

– Bem, sr. Holmes – disse MacDonald –, quando pegarmos o nosso homem (e o senhor pode estar certo de que eu telegrafei a descrição dele em cinco minutos), será possível julgar melhor. Mas, no ponto em que estamos, já progredimos muito. Sabemos que um norte-americano chamado Hargrave foi a Tunbridge Wells dois dias antes, com a bicicleta e a maleta. Na maleta havia uma espingarda serrada, portanto, ele veio com o propósito deliberado de cometer um crime. Ontem de manhã veio para cá de bicicleta, com a arma escondida no sobretudo. Ninguém o viu chegar, tanto quanto sabemos; mas ele não precisava passar pelo vilarejo para chegar aos portões do parque, e há muitos ciclistas na estrada. É de se presumir que escondeu a bicicleta entre os loureiros onde foi encontrada, e é possível que tenha se ocultado lá também, com os olhos na casa, esperando que o sr. Douglas saísse. A espingarda é uma arma estranha para se usar dentro de casa, mas ele tinha a intenção de usá-la do lado de fora, e há vantagens óbvias nisso, pois seria impossível errar com ela, e o barulho de tiros de espingardas é tão comum numa região inglesa de caça que ninguém prestaria atenção.

– Está tudo muito claro – disse Holmes.

– Bem, o sr. Douglas não apareceu. O que ele deveria fazer então? Deixou a bicicleta e aproximou-se da casa ao anoitecer. Encontrou a ponte abaixada e ninguém por perto. Aproveitou a oportunidade, pensando em dar um desculpa, sem dúvida, se encontrasse alguém. Não encontrou ninguém. Entrou no primeiro quarto que viu e escondeu-se atrás da cortina. De lá pôde ver a ponte subir e sabia que a sua única fuga seria pelo fosso. Esperou até onze e quinze, quando o sr. Douglas, na sua costumeira ronda noturna, chegou ao quarto. Atirou nele e fugiu, conforme planejado. Tinha consciência de que a bicicleta seria descrita pelas pessoas do hotel e podia ser uma prova contra ele; por isso, deixou-a ali e foi de outro jeito para Londres ou para um esconderijo pré-determinado. Que tal, sr. Holmes?

– Bem, sr. Mac, está tudo muito bom e muito claro até aqui. Esse é o seu final da história. O meu final é que o crime foi cometido meia hora antes do que disseram; que tanto a sra. Douglas quanto Barker estão conspirando para ocultar alguma coisa; que eles ajudaram na fuga do assassino (ou, pelo menos, que chegaram no quarto antes que ele escapasse) e que eles inventaram as provas da fuga pela janela, mas muito provavelmente deixaram-no sair ao abaixar a ponte. Eis a minha leitura da primeira metade.

Os dois detetives sacudiram a cabeça.

– Bem, sr. Holmes, se isso for verdade, estamos indo de um mistério para outro – disse o inspetor de Londres.

– E, de certo modo, para um pior – acrescentou White Mason. – A mulher nunca esteve nos Estados Unidos durante a vida dela. Que ligação possível poderia ter com um assassino norte-americano, para querer ajudá-lo?

– Admito com sinceridade que há problemas – disse Holmes. – Proponho-me a fazer uma pequena investigação sozinho, hoje à noite, e é possível que isso possa ajudar a causa comum.

– Podemos ajudá-lo, sr. Holmes?

– Não, não! As trevas e o guarda-chuva do dr. Watson... minhas necessidades são simples. E Ames, o leal Ames, sem dúvida, irá ajudar. Todos os meus pensamentos me conduzem invariavelmente a uma questão básica: por que um homem de porte atlético desenvolveria seu físico com um aparelho tão pouco natural quanto um único haltere?

Era tarde da noite quando Holmes voltou de sua expedição solitária. Dormíamos num quarto de casal, que era o melhor que a pequena estalagem do interior conseguiu para nós. Eu dormia quando fui acordado por sua chegada.

– Bem, Holmes – murmurei –, descobriu algo?

Ficou em silêncio, de pé ao meu lado, com a vela na mão. Depois seu corpo alto e esguio inclinou-se em minha direção.

– Quero saber uma coisa, Watson – ele sussurrou. – Você teria medo de dormir no mesmo quarto com um louco, um homem de miolo mole, um idiota que perdeu a cabeça?

– Nem um pouco – respondi, atônito.

– Ah, que sorte! – falou, e não disse mais nenhuma palavra naquela noite.

Capítulo 7

A solução

Na manhã seguinte, depois do café da manhã, encontramos o inspetor MacDonald e White Mason sentados no pequeno saguão da polícia local em conversa particular. Na mesa em frente a eles havia uma pilha de cartas e telegramas, que eles estavam separando e anotando com cuidado. Três tinham sido postas de lado.

– Ainda em busca do ciclista sorrateiro? – Holmes perguntou, alegre. – Quais são as últimas sobre o malfeitor?

MacDonald apontou, com ar pesaroso, para a pilha de cartas.

– No momento foi visto em Leicester, Nottingham, Southampton, Derby, East Ham, Richmond e outros quatorze lugares. Em três locais (East Derby, Leicester e Liverpool) há uma acusação formal contra ele e foi preso. O país parece estar abarrotado de fugitivos de casaco amarelo.

– Puxa vida! – disse Holmes, solidário. – Ora, sr. Mac e sr. White Mason, quero lhes dar um conselho muito sério. Quando entrei neste caso com os senhores, combinamos, como sem dúvida hão de se lembrar, que eu não apresentaria teorias que não estivessem provadas, que eu guardaria e trabalharia com as minhas ideias até ter certeza de que estavam corretas. Por esse motivo, não lhes contei até agora tudo o que tenho em mente. Por outro lado, eu disse que seria correto com os senhores, e não acho correto permitir que os senhores desperdicem energia nessa tarefa inútil. Portanto, estou aqui, nesta manhã, para lhes dar um conselho, que se resume nessas três palavras: abandonem o caso.

MacDonald e White Mason olharam perplexos para o célebre colega.

– O senhor crê que é um caso perdido! – exclamou o inspetor.

– Eu acho que os senhores é que estão perdidos. Não considero um caso perdido chegar à verdade.

– Mas, e o ciclista? Ele não é uma invenção. Temos a descrição dele, a maleta, a bicicleta. O sujeito deve estar em algum lugar. Não temos de pegá-lo?

– Sim, sim, sem dúvida está em algum lugar, e sem dúvida vamos pegá-lo; mas não quero que desperdicem energias em East Ham ou Liverpool. Tenho certeza de que poderemos encontrar um atalho para chegar ao resultado.

– O senhor está nos escondendo alguma coisa. Isso não é muito correto da sua parte, sr. Holmes – o inspetor ficou aborrecido.

– O senhor conhece o meu método de trabalho, sr. Mac. Mas vou ocultar os fatos por pouco tempo. Só quero verificar alguns detalhes de um certo jeito, o que pode ser prontamente feito, depois me despeço e volto para Londres, deixando os meus resultados à sua inteira disposição. Não poderia agir de outro modo, é minha obrigação, pois em toda a minha experiência não me lembro de outra investigação mais extraordinária e interessante.

– Isso está além da minha compreensão, sr. Holmes. Nós nos vimos ontem à noite, quando voltamos de Tunbridge Wells, e o senhor estava de acordo com os nossos resultados. O que aconteceu desde então para o senhor mudar completamente de ideia sobre o caso?

– Bem, já que o senhor perguntou, passei algumas horas, como disse que faria, ontem à noite na mansão.

– Bem, o que aconteceu?

– Ah, só posso lhe dar uma resposta vaga por enquanto. A propósito, li uma descrição breve, mas elucidativa e interessante, sobre o velho edifício, que se pode comprar pela modesta soma de um centavo na tabacaria local.

Nesse momento, Holmes tirou do bolso do colete um livrinho enfeitado com uma gravura rudimentar da antiga mansão.

– Uma investigação torna-se muito mais estimulante, meu caro sr. Mac, quando se tem um apreço consciente pela ambientação histórica do lugar. Não fique tão impaciente, pois lhe asseguro que mesmo uma explicação tão infecunda quanto essa faz despertar uma imagem do passado em nossas mentes. Permita-me dar-lhe uma amostra. "Construída no quinto ano do reinado de James I e situada no local de uma antiga edificação, a mansão de Birlstone oferece um dos mais belos exemplos remanescentes de residência com fosso da Era Jacobina..."

– O senhor está nos fazendo de bobos, sr. Holmes!

– Opa, sr. Mac! É o primeiro sinal de irritação que percebo no senhor. Bem, não lerei tudo, já que o senhor reagiu desse modo. Mas quando eu lhe contar de um relato da tomada do lugar por um coronel do parlamento em 1644, do esconderijo de Charles por vários dias durante a Guerra Civil e, por fim, da visita que ali fez Jorge II, o senhor terá de admitir que há várias associações de interesse ligadas a essa antiga casa.

– Eu não duvido, sr. Holmes, mas não é da nossa conta.

– Não é? Não é? Horizontes abertos, meu caro sr. Mac, é algo essencial em nossa profissão. A influência das ideias e os usos oblíquos do conhecimento amiúde são de grande valia. O senhor vai desculpar essas observações de alguém que, embora um simples entendido em crimes, é mais velho e talvez mais experiente do que o senhor.

– Sou o primeiro a admiti-lo – disse o detetive, cordialmente. – O senhor consegue o que quer, admito, mas dá umas voltas dos diabos para chegar lá.

– Bem, bem. Vou deixar a história e ir direto aos fatos atuais. Como disse, fui à mansão ontem à noite. Não me encontrei com Barker nem com a sra. Douglas. Não senti necessidade de perturbá-los; mas fiquei satisfeito em saber que a mulher visivelmente não estava sofrendo e participava de um excelente jantar. A minha visita foi feita ao amável sr. Ames em especial, com quem troquei amabilidades, que culminaram em ele me permitir, sem dizer nada a ninguém, a ficar sozinho no estúdio por algum tempo.

– O quê! Com aquilo? – exclamei.

– Não, não, o aposento está em ordem agora. O senhor autorizou, sr. Mac, segundo fui informado. O quarto estava no seu estado normal, e ali passei um quarto de hora muito instrutivo.

– O que o senhor fez?

– Bem, para não fazer um mistério de algo simples, procurei o haltere desaparecido. Sempre significou muito na minha avaliação do caso. Acabei encontrando.

– Onde?

– Ah! Agora chegamos ao limite do inexplorado. Deixe-me avançar mais um pouco, bem pouco mais, e prometo contar-lhe tudo o que sei.

– Bem, somos obrigados a aceitá-lo nas suas condições – disse o inspetor. – Mas quanto a nos dizer para abandonar o caso... por que, em nome de Deus, devemos abandonar o caso?

– Pela simples razão, meu caro sr. Mac, que o senhor não tem a menor ideia do que está investigando.

– Estamos investigando o assassinato do sr. John Douglas da mansão de Birlstone.

– Sim, sim, é isso. Mas não se preocupe em encontrar o misterioso cavalheiro da bicicleta. Asseguro-lhe que de nada serve.

– Então, o que devemos fazer?

– Vou-lhes dizer exatamente o que fazer, se quiserem.

– Bem, sou obrigado a dizer que sempre achei que o senhor tem razão, apesar de seu jeito extravagante. Farei o que o senhor disser.

– E o senhor, sr. White Mason?

O detetive olhou de um para outro, sem saber o que fazer. Holmes e o seu método eram novidade para ele.

– Bem, o que é bom para o inspetor é bom para mim – disse, afinal.

– Ótimo! – disse Holmes. – Bem, então, recomendo aos dois um belo passeio pelo campo. Dizem que a vista de Birlstone Ridge, sobre Weald, é magnífica. O almoço poderia ser em alguma estalagem agradável, embora o meu desconhecimento do campo me impeça de fazer uma recomendação. À noite, cansados mas felizes...

– Rapaz, isso não pode ser sério! – gritou MacDonald, levantando-se, irritado, da cadeira.

– Bem, bem, passe o dia como quiser – disse Holmes, dando-lhe uns tapinhas alegres nas costas. – Faça o que quiser, vá para onde quiser, mas encontre-me aqui antes do anoitecer sem falta... sem falta, sr. Mac.

– Parece mais razoável.

– Eram apenas bons conselhos, mas não insistirei mais, desde que esteja aqui quando eu precisar. Mas agora, antes de partirmos, gostaria que o senhor escrevesse um bilhete para o sr. Barker.

– Sim?

– Vou ditá-lo, se lhe aprouver. Pronto? “Estimado senhor: Julgo ser nosso dever esvaziar o fosso na expectativa de encontrar...”

– É impossível – disse o inspetor. – Já investiguei.

– Xiu! Meu caro senhor, por favor, faça o que lhe peço.

– Bem, continue.

– "... na expectativa de encontrar algo que possa ajudar nossa investigação. Já combinei com os trabalhadores, que começarão a trabalhar amanhã cedo para mudar o rumo do córrego..."

– Impossível!

– "... mudar o rumo do córrego; por isso achei melhor explicar tudo antes." Agora assine aqui e envie por um portador às quatro horas. A essa hora nos encontraremos de novo naquele quarto. Até lá, cada um fará o que quiser; pois lhe asseguro que esta investigação chegou a uma pausa.

Estava anoitecendo quando nos reunimos de novo. Holmes estava com um ar muito sério, a seu modo, eu me sentia curioso, e os detetives, obviamente mal-humorados e aborrecidos.

– Bem, cavalheiros – disse meu amigo, sério. – Peço-lhes agora para colocar tudo à prova e julgar se as observações que fiz justificam as conclusões a que cheguei. A noite está fria e não sei quanto tempo durará a nossa expedição; por isso, peço-lhes que usem seus agasalhos mais quentes. É de suma importância que estejamos no lugar certo antes de escurecer; portanto, se permitem, começaremos de imediato.

Passamos pelos limites externos do parque da mansão até chegarmos a um lugar onde havia uma abertura na cerca que a rodeava. Passamos por ali e então, na escuridão crescente, seguimos Holmes até chegar a uma moita que fica do lado contrário ao da porta principal e da ponte. A ponte não estava levantada. Holmes agachou-se atrás dos loureiros, e nós três o seguimos.

– Bem, o que devemos fazer agora? – perguntou MacDonald, um pouco ríspido.

– Procurar ser pacientes e fazer o mínimo de barulho – Holmes respondeu.

– Afinal, por que estamos aqui? Eu realmente acho que o senhor devia nos tratar com mais franqueza.

Holmes riu.

– Watson insiste em dizer que sou um dramaturgo da vida real – disse ele. – Um toque de artista brota em mim e pede com insistência uma apresentação bem encenada. Com toda certeza a nossa profissão, sr. Mac, seria monótona e sórdida se, às vezes, não fizéssemos uma encenação a fim de glorificar nossos resultados. Uma acusação curta e grossa, uma brutal batida nos ombros... o que se poderia pensar de um desenlace assim? Mas o raciocínio ágil, a cilada sutil, a previsão engenhosa de acontecimentos futuros, a defesa triunfal de teorias arrojadas... não serão o orgulho e a justificativa do trabalho de nossas vidas? Neste momento, os senhores estão impressionados com o *glamour* da situação e com a antecipação do caçador. Mas sentiriam alguma emoção se eu tivesse sido tão preciso quanto um quadro de horários? Apenas peço um pouco de paciência, sr. Mac, e tudo se esclarecerá.

– Bem, espero que o orgulho e a justificativa e todo o resto venham antes de morrermos de frio – disse o detetive de Londres com uma resignação engraçada.

Todos nós tínhamos bons motivos para compartilhar desse desejo, pois a nossa vigília foi longa e difícil. Aos poucos as sombras caíram sobre a fachada extensa e lúgubre da velha casa. Um mau cheiro frio e úmido proveniente do fosso gelou-nos até os ossos e fez bater os nossos queixos. Havia uma única lamparina no portão e um ponto de luz firme no estúdio fatal. Tudo mais estava escuro e silencioso.

– Quanto tempo isto vai durar? – perguntou o inspetor, por fim. – E o que estamos esperando?

– Sei tanto quanto o senhor o tempo que isto vai durar – Holmes respondeu, um pouco áspero. – Se os criminosos sempre programassem seus movimentos como os trens, seria muito mais conveniente para todos nós. Quanto ao que estamos... bem, é isso que estamos esperando!

Enquanto falava, a luz amarela do estúdio foi obscurecida por alguém andando de um lado para outro diante dela. Os loureiros onde estávamos ficavam bem em frente e a poucos metros da janela. Dentro em pouco foi aberta, com um rangido das dobradiças, e vimos vagamente a silhueta escura dos ombros e da cabeça de um homem olhando para a escuridão. Por alguns minutos, ele ficou olhando para tudo de modo furtivo e escondido, como se quisesse ter certeza de que não estava sendo observado. Em seguida, debruçou-se para frente e, naquele silêncio completo, ouvimos o discreto barulho da água sendo agitada. Ele parecia estar mexendo no fosso com algo que trazia nas mãos. Então, de súbito, puxou alguma coisa como um pescador faz com o peixe... um objeto grande e redondo, que obscureceu a luz, quando foi puxado pelo batente da janela aberta.

– Agora! – exclamou Holmes. – Agora!

Ficamos todos de pé, cambaleando atrás dele com nossos membros enrijecidos, enquanto ele atravessou a ponte correndo e tocou a campainha com violência. Ouviu-se o barulho dos ferrolhos do outro lado e o atônito Ames apareceu na entrada. Holmes empurrou-o de lado sem dizer nada e, seguido por todos nós, correu para o quarto onde estava o homem que tínhamos observado.

A lamparina de óleo na mesa era o brilho que tínhamos visto do lado de fora. Estava agora na mão de Cecil

Barker, que a dirigiu em nossa direção, quando entramos. A luz brilhou sobre o seu rosto forte, decidido e barbeado, e sobre seu olhar ameaçador.

– Que diabos significa isso? – ele gritou. – O que estão procurando?

Holmes deu uma olhada rápida e, então, precipitou-se sobre um pacote amarrado com cordas que estava embaixo da escrivaninha, lugar onde tinha sido jogado.

– É isto que estamos procurando, sr. Barker... este pacote, com o haltere como peso, que o senhor acaba de fisgar do fundo do fosso.

Barker olhou surpreso para o rosto de Holmes.

– Raios! Como o senhor ficou sabendo? – perguntou.

– Simplesmente porque eu o coloquei ali.

– O senhor o colocou ali! O senhor!

– Talvez devesse dizer "recoloquei ali" – disse Holmes. – O senhor deve se lembrar de que fiquei intrigado pela ausência de um haltere. Chamei sua atenção para o fato, mas com a pressão dos outros acontecimentos, o senhor mal teve tempo de levar em consideração aquilo que teria permitido que tirasse conclusões a esse respeito. Quando há água por perto e um peso desaparece, não é muito difícil supor que alguma coisa foi jogada na água. Ao menos, valia a pena testar a ideia; portanto, com a ajuda de Ames, que permitiu a minha entrada no quarto, e o gancho do cabo do guarda-chuva do dr. Watson, consegui pescar esse pacote ontem à noite. Era de suma importância, porém, que pudéssemos provar quem o havia colocado ali. Conseguimos isso por meio do simples artifício de anunciar que o fosso seria esvaziado amanhã, o que, é claro, faria com que a pessoa que escondeu o pacote, com certeza, fosse retirá-lo no momento em que a escuridão permitisse. Temos quatro testemunhas de quem se valeu dessa oportunidade; portanto, sr. Barker, penso que agora a palavra é sua.

Sherlock Holmes colocou a pacote encharcado sobre a mesa ao lado da lamparina e desamarrou a corda. Tirou de dentro o haltere, que jogou no canto perto do outro. Em seguida tirou um par de botas.

– Americanas, como podem ver – observou, apontando para o bico.

Depois colocou sobre a mesa uma faca embainhada comprida e mortífera. Por fim, desamarrou uma trouxa de roupas, que tinha um conjunto completo de roupas de baixo, meias, um terno cinza de *tweed* e um sobretudo amarelo e curto.

– As roupas são comuns – observou Holmes, – salvo o sobretudo, que tem muitos vestígios sugestivos. – Ele segurou-o contra a luz. – Aqui, como veem, está o bolso interno que prolonga até o forro, de modo a dar espaço para a espingarda truncada. A etiqueta do alfaiate está na gola... "Neal, Alfaite, Vermissa, Estados Unidos". Passei uma tarde muito instrutiva na biblioteca e aumentei meus conhecimentos ao acrescentar o fato de que Vermissa é uma próspera cidadezinha perto dos vales mais famosos de carvão e ferro dos Estados Unidos. Recordo-me, sr. Barker, que o senhor associou a zona de carvão com a primeira esposa do sr. Douglas, e não creio ser uma conjetura muito extravagante supor que o V. V. do cartão ao lado do cadáver sejam as iniciais de Vale de Vermissa, ou que esse vale, que manda emissários de crimes, seja o Vale do Terror, do qual ouvimos falar. Até aqui está tudo bastante claro. E agora, sr. Barker, não quero atrapalhar a sua explicação.

Foi um espetáculo ver o rosto expressivo de Cecil Barker durante a exposição do grande detetive. Raiva, espanto, desgosto e indecisão se alternavam. Por fim, refugiou-se numa certa ironia mordaz.

– O senhor sabe tanto, sr. Holmes, talvez pudesse nos contar mais – ele zombou.

– Não tenho dúvidas de que eu poderia contar muito mais coisas, sr. Barker; mas seria muito mais encantador vindo do senhor.

– Ah! O senhor acha, não é? Bem, tudo o que posso dizer é que se existe um segredo nessa história, ele não é meu, e não sou eu quem vai contá-lo.

– Bem, se o senhor seguir essa linha, sr. Barker – disse o inspetor com calma –, teremos que vigiá-lo até termos um mandado para prendê-lo.

– Podem fazer o que quiserem, malditos – disse Barker, com ar desafiador.

Os procedimentos pareciam ter chegado ao fim, do ponto de vista dele, pois bastava olhar para aquele rosto impassível para perceber que nenhuma punição severa o faria falar contra sua vontade. O impasse resolveu-se, no entanto, com a voz de uma mulher. A sra. Douglas estivera ouvindo atrás da porta entreaberta e agora entrou no quarto.

– Você já fez o bastante por ora, Cecil – ela disse. – Não importa o que vai acontecer, você já fez o bastante.

– O bastante e mais do que suficiente – observou Sherlock Holmes, sério. – Sou solidário com a senhora e devo pedir-lhe que tenha confiança no bom senso de nossa jurisdição e que confie completamente na polícia. Pode ser que eu seja culpado por não ter aceito a sugestão que a senhora enviou por meio de meu amigo, dr. Watson; mas, naquela ocasião, eu tinha todos os motivos para acreditar que a senhora estivesse envolvida diretamente com o crime. Agora tenho certeza de que não é isso. Ao mesmo tempo, há tanta coisa sem explicação, que recomendo que peça ao sr. Douglas que nos conte a sua história.

A sra. Douglas soltou um grito de espanto diante das palavras de Holmes. Os detetives e eu devemos ter feito eco quando vimos um homem, que parecia ter saído da parede, caminhando a partir do canto escuro de onde surgira. A sra. Douglas virou-se e em seguida os seus braços envolveram-no. Barker apertou sua mão estendida.

– É melhor assim, Jack – repetiu a esposa. – Tenho certeza de que é melhor assim.

– Sim, de fato, sr. Douglas – disse Sherlock Holmes. – Tenho certeza de que será melhor.

O homem piscava os olhos, com o ar atordoado de quem saiu da escuridão para um lugar iluminado. Tinha um rosto notável, olhos cinzas atrevidos, um bigode grisalho espesso, bem aparado, um queixo saliente anguloso e uma boca engraçada. Olhou bem para nós e então, para meu espanto, veio em minha direção e entregou-me um pacote de papéis.

– Ouvi falar no senhor – disse ele, com uma voz que não era nem britânica nem americana, mas melodiosa e agradável. – O senhor é o historiador deste grupo. Bem, dr. Watson, o senhor nunca teve uma tal história em mãos antes, aposto. Conte do seu jeito, e o senhor não pode passar por cima do público enquanto tiver os fatos. Estive encarcerado durante dois dias e usei as horas com luz solar (se é que se pode falar em luz naquela ratoeira) colocando as coisas em palavras. Está à sua disposição: sua e de seu público. Eis a história do Vale do Terror.

– Isso pertence ao passado, sr. Douglas – disse Sherlock Holmes, calmo. – O que queremos agora é ouvir a sua história atual.

– O senhor já saberá – disse Douglas. – Posso fumar durante a narrativa? Bem, obrigado, sr. Holmes. O senhor também é fumante, se bem me lembro, e deve saber como é ficar durante dois dias com tabaco no bolso e recear que o cheiro o denuncie. – Ele encostou-se ao consolo e deu umas baforadas no charuto que Holmes lhe entregou. – Ouvi falar no senhor, sr. Holmes. Nunca pensei que viria a encontrá-lo. Mas antes de acabar com isso – e apontou para meus papéis –, o senhor verá que lhe trouxe algo de novo.

O inspetor MacDonald olhava para o recém-chegado com o maior espanto.

– Isso está fora da minha alçada! – exclamou, por fim. – Se o senhor é o sr. John Douglas da mansão de Birlstone, então a morte de quem estivemos investigando durante esses dois dias, e de onde o senhor apareceu agora? O senhor parece ter saído de uma caixa de surpresas.

– Ah, sr. Mac – disse Holmes, apontando-lhe o dedo indicador, em sinal de reprovação –, o senhor não quis ler a excelente compilação local com a descrição do esconderijo do rei Charles. Naquele tempo as pessoas só usavam excelentes esconderijos para se esconder e aqueles esconderijos sempre podem ser usados de novo. Eu estava convencido de que encontraríamos o sr. Douglas sob esse teto.

– E quanto tempo o senhor nos enganou, sr. Holmes – disse o inspetor, bravo. – Quanto tempo permitiu que gastássemos em uma busca que sabia ser absurda?

– Nem um minuto, meu caro sr. Mac. Só ontem à noite formei minha opinião sobre o caso. Como nada poderia ser provado até esta noite, convidei o senhor e seu colega a um descanso durante o dia. O que mais poderia fazer? Quando encontrei a trouxa de roupas no fosso, de pronto, ficou claro para mim que o corpo encontrado não poderia ser do sr. John Douglas, mas que deveria ser do ciclista de Tunbridge Wells. Nenhuma outra conclusão era possível . Portanto, tive de determinar onde o sr. John Douglas estaria escondido, provavelmente com a conivência de sua esposa e do amigo, numa casa que tinha todas as condições para um fugitivo esperar por tempos mais calmos para escapar.

– Bem, o senhor calculou certo – disse Douglas, com ar de aprovação. – Pensei em enganar a lei britânica; pois não tinha certeza do que me esperava e também achei que era a minha chance de me livrar de uma vez por todas daqueles maníacos. Vejam bem, do início ao fim, não fiz nada de vergonhoso e nada que não faria outra vez; mas os senhores julgarão isso ao seu modo quando eu lhes contar a minha história. Não se preocupe com as advertências, inspetor: estou pronto para dizer toda a verdade. Não vou começar do início. Está tudo ali – ele mostrou o meu pacote de papéis. – E verão que é um enredo bastante estranho. Tudo se resume a isso: há homens que têm bons motivos para me odiar e gastariam o seu último dólar para saber que me apanharam. Enquanto eu estiver vivo e eles também, não haverá segurança neste mundo para mim. Eles me perseguiram de Chicago até a Califórnia, depois me expulsaram dos Estados Unidos; mas quando me casei e vim morar neste lugar tranquilo, achei que teria paz nos meus últimos anos. Nunca expliquei nada à minha mulher. Por que deveria envolvê-la? Ela nunca mais teria um momento de tranquilidade, ficaria sempre preocupada. Achei que ela sabia de alguma coisa, pois deixei escapar uma ou outra coisa de vez em quando; mas até ontem, depois que os senhores a viram, ela não sabia de nada. Ela contou tudo o que sabia, assim como Barker; pois na noite em que tudo isso aconteceu, não houve tempo para explicações. Agora ela sabe de tudo e teria sido melhor se eu tivesse contado tudo antes. Mas era um assunto complicado, querida – e ele segurou a mão dela por um instante –, e agi por bem. Bem, senhores, no dia anterior aos acontecimentos eu estava em Tunbridge Wells, e vi um homem na rua. Foi uma olhadela, mas sou rápido nessas coisas e não tive dúvidas de quem se tratava. Era o meu pior inimigo... alguém que me persegue há anos, como um lobo esfomeado atrás de uma rena. Como sabia que teria encrenca pela frente, vim para casa e me preparei. Achei que poderia lutar sozinho, pois minha sorte era conhecida nos Estados Unidos, nos anos 1870. Não duvidei de que ainda teria sorte. Fiquei de guarda todo o dia seguinte e não fui para o parque. Foi bom, pois ele teria atirado em mim com aquela espingarda bem antes de eu chegar perto. Depois que a ponte foi levantada (sempre ficava mais tranquilo quando a ponte estava levantada, à noite) pensei no que me atormentava. Nunca imaginei que ele pudesse entrar na casa e esperar por mim. Mas quando fiz a ronda de roupão, como de costume, mal entrei no estúdio senti o cheiro de perigo. Acho que, quando um homem já passou por diferentes perigos na vida (e eu passei por mais do que todos), há uma espécie de sexto sentido que sinaliza uma luz vermelha. Vi o sinal com bastante clareza e não sei dizer por quê. No momento seguinte, vi uma bota embaixo da cortina da janela e compreendi tudo. Tinha apenas uma vela na mão, mas tinha a luz da lamparina do saguão passando pela porta aberta. Apoiei a vela e corri para pegar o martelo que deixara no consolo. No mesmo instante, ele me atacou. Eu vi o brilho de uma faca e bati nele com o martelo. Atingi-o em algum lugar, pois a faca caiu no chão. Ele correu em volta da mesa, tão rápido quanto uma enguia, e um instante depois pegou a arma de dentro do casaco. Eu o ouvi armá-la, mas consegui pegá-la antes que ele atirasse. Peguei-a pelo cano e lutamos por um minuto ou mais. Morreria o homem que perdesse o controle. Ele não perdeu o controle, mas deixou-a apontada para baixo por um tempo muito longo. Talvez tenha sido eu quem puxou o gatilho. Talvez nós dois. De qualquer modo, ele levou dois tiros no rosto, e lá estava eu olhando para baixo para os restos de Ted Baldwin. Eu o tinha reconhecido na cidade, e de novo quando me atacou; mas nem a mãe dele o teria reconhecido naquele estado. Estava acostumado com as piores cenas, mas passei mal ao vê-lo daquele jeito. Eu estava apoiado na mesa quando Barker desceu correndo. Escutei minha mulher chegando e corri para a porta para detê-la. Não era cena para uma mulher. Prometi-lhe que logo estaria com ela. Eu disse uma palavra ou duas para Barker (ele viu tudo de relance) e esperamos que os outros aparecessem. Mas não houve sinal de ninguém. Compreendemos então que nada ouviram e que tudo se passara só entre nós. Foi nesse instante que tive a ideia. Fiquei deslumbrado com a genialidade da ideia. A manga do homem estava arregaçada e tinha a marca no antebraço. Vejam aqui!

O homem a quem chamávamos de Douglas arregaçou as mangas e mostrou um triângulo marrom dentro do círculo exatamente igual ao que tínhamos visto no cadáver.

– Ao ver isso, tive a ideia. Parece que vi tudo com clareza em um instante. A sua altura, cabelo e corpo eram quase iguais aos meus. Ninguém poderia reconhecer seu rosto, pobre diabo! Peguei esta muda de roupas e em quinze minutos Barker e eu colocamos o roupão nele e ele ficou ali deitado como foi encontrado. Juntamos as coisas dele neste pacote, coloquei o peso que encontrei pela frente e atirei pela janela. O cartão que ele pretendia colocar no meu corpo, agora estava no dele. Meus anéis foram colocados no dedo dele, mas a aliança – ele mostrou a mão musculosa – os senhores podem ver que eu tinha chegado ao limite. Nunca a tirei desde que me casei e precisava de uma lima para tirá-la. Não sei, talvez devesse ter me preocupado em tirá-la; mas não teria conseguido. Tivemos de ignorar esse detalhe. Por outro lado, peguei um curativo e coloquei no lugar onde estou usando um agora. Essa o senhor deixou escapar, sr. Holmes, pois se tivesse tirado o curativo, teria visto que não havia nenhum machucado. Bem, essa era a situação. Se eu pudesse me esconder por algum tempo e depois fugir para um lugar onde pudesse encontrar com a minha "viúva", nós, afinal, teríamos a chance de viver em paz pelo resto de nossas vidas. Os demônios não me dariam sossego enquanto eu vivesse sobre a terra; mas se eles vissem que Baldwin tinha pegado seu homem, isso seria o fim dos meus problemas. Eu não tinha muito tempo para contar tudo para Barker e para minha esposa, mas eles entenderam o suficiente para me ajudar. Eu conhecia esse esconderijo, e Ames também; mas nunca lhe ocorreu juntar as duas coisas. Escondi-me ali e cabia a Barker fazer o resto. Acho que os senhores já sabem o que ele fez. Abriu a janela e fez a marca no peitoril para dar uma ideia de como o assassino fugiu. Era um exagero, mas como a ponte estava levantada não havia outro jeito. Depois, quando tudo estava pronto, ele tocou a campainha com toda força. Os senhores sabem o que se seguiu. E assim, senhores, podem fazer o que quiserem; mas eu lhes contei a verdade, nada mais do que a verdade, e que Deus me ajude! Pergunto-lhes como fica a minha situação diante da lei inglesa?

Fez-se silêncio, que foi quebrado por Sherlock Holmes.

– A lei inglesa, em princípio, é uma lei justa. O senhor receberá o que merece, sr. Douglas. Mas gostaria de perguntar-lhe como esse homem sabia que o senhor vivia aqui ou como entrou na casa e escondeu-se para pegá-lo?

– Nada sei a esse respeito.

O rosto de Holmes estava muito lívido e sério.

– Receio que a história ainda não terminou – disse ele. – O senhor pode encontrar perigos piores do que a lei inglesa ou do que seus inimigos nos Estados Unidos. Vejo problemas para o senhor, sr. Douglas. Aceite o meu conselho e fique de guarda.

E agora, meus resignados leitores, vou pedir-lhes que me acompanhem para longe da mansão de Birlstone em Sussex, e também para bem longe do ano no qual fizemos a memorável viagem que terminou com a estranha história do homem conhecido por John Douglas. Desejo que voltem cerca de vinte anos no tempo, cerca de vinte mil quilômetros para o oeste no espaço, para que eu possa apresentar-lhe uma história extraordinária e terrível... tão extraordinária e terrível que mal acreditarão que tenha acontecido, mesmo eu a contando.

Não pensem que vou começar uma história sem terminar a outra. À medida que forem lendo, vocês perceberão que não é isso. E quando eu tiver contado em detalhes os longínquos acontecimentos, e vocês tiverem encontrado a solução para esse mistério do passado, iremos nos encontrar mais uma vez nas salas de Baker Street, onde, como com tantos outros acontecimentos maravilhosos, este também chegará ao seu final.

PARTE 2
Os Scowrers

Capítulo 1

O homem

Era dia 4 de fevereiro de 1875. O inverno fora rigoroso, e os desfiladeiros das montanhas Gilmerton estavam cobertos de neve. As máquinas de limpeza a vapor tinham desimpedido a estrada de ferro, e o trem noturno ligando os povoamentos dos trabalhadores das minas de carvão e ferro subia devagar os íngremes declives que iam de Stagville, na planície, a Vermissa, a principal cidade no alto do Vale de Vermissa. A partir desse ponto, a ferrovia volta-se para baixo, para Barton's Crossing, Helmdale e para o condado, exclusivamente agrícola, de Merton. Era uma ferrovia de apenas uma linha; mas a cada desvio (e havia vários deles) as longas filas de vagões carregados de carvão e ferro revelavam a riqueza oculta que tinha atraído uma população sem instrução e uma vida agitada para essa região desolada dos Estados Unidos.

Como era desolada! O primeiro desbravador a atravessar a região não imaginou que as mais belas pradarias e as pastagens mais viçosas não tinham qualquer valor se comparadas com essa terra sombria de rochedos escuros e florestas emaranhadas. Sobre a quase impenetrável mata escura das encostas das montanhas, os cumes altos e sem vegetação, com neve branca e rochedos pontiagudos, elevavam-se por todos os lados, formando um vale comprido, sinuoso e retorcido no meio. O trenzinho arrastava-se vale acima.

As lamparinas de óleo acabavam de ser acesas no vagão de passageiros da frente, um carro comprido e simples, no qual estavam sentadas cerca de vinte ou trinta pessoas. A maioria eram trabalhadores voltando da jornada de trabalho na parte de baixo do vale. Pelo menos doze deles, por seus rostos inflexíveis e pelas lanternas de segurança que traziam nas mãos, pareciam mineiros. Estavam sentados em grupo, fumando e conversando em voz baixa, olhando vez ou outra para dois homens do outro lado do vagão, cujos uniformes e distintivos mostravam ser policiais.

Várias mulheres da classe operária e um ou dois viajantes que podiam ser pequenos comerciantes locais compunham o resto do grupo, exceto um rapaz que estava sozinho no canto. É desse homem que iremos nos ocupar. Olhem bem pare ele, pois vale a pena.

Ele é um rapaz de aparência jovem, tamanho médio, que dá a impressão de estar perto de trinta anos. Tem olhos cinzentos alegres e vivazes que piscam de maneira inquisitiva de vez em quando, cada vez que ele observa, através dos óculos, as pessoas à sua volta. É fácil perceber que ele tem índole sociável e talvez simples, desejoso de ser amigo de todos. Poderíamos logo imaginá-lo gregário nos hábitos e de natureza comunicativa, com uma inteligência ágil e um sorriso ligeiro. Mas quem estudá-lo com mais atenção poderá discernir uma certa firmeza em seu queixo e uma rigidez nos lábios que indicam que há algo de obscuro nele e que esse simpático irlandês de cabelos castanhos é capaz de deixar sua marca, para o bem ou para o mal, em qualquer grupo a que for apresentado.

Tendo feito uma ou duas tentativas de puxar conversa com o mineiro mais próximo e recebendo apenas respostas curtas e ríspidas, o viajante recolheu-se ao devido silêncio, olhando melancólico para a paisagem que desaparecia na janela.

Não era uma perspectiva muito animadora. Em meio à crescente escuridão, pulsava o brilho vermelho das fornalhas nas encostas dos morros. Grandes quantidades de detritos e restos de cinzas se amontoavam dos lados, com as altas torres das minas de carvão por cima. Amontoados de casas de madeira pobres, cujas janelas começavam a se delinear na luz, estavam espalhados aqui e ali ao longo da linha, e os vários pontos de parada estavam apinhados de pessoas escuras.

Os vales de ferro e de carvão do distrito de Vermissa não eram balneários para pessoas em férias ou refinadas. Em toda parte havia sinais indiscutíveis da árdua luta pela vida, do difícil trabalho a ser feito e dos trabalhadores embrutecidos que o executavam.

O jovem viajante olhava para a região lúgubre com um misto de repulsa e interesse no rosto, que denunciava que a cena era novidade para ele. Às vezes tirava uma carta volumosa do bolso, que consultava e na qual escrevia algumas observações nas margens. A certa altura, tirou da parte de trás da cintura algo que não se esperaria encontrar em posse de um homem de modos tão discretos. Era um revólver de guerra, dos maiores. Quando ele o inclinou contra a luz, o reflexo das extremidades dos cartuchos de cobre dentro do tambor mostrou que estava carregado. Depressa ele o recolocou no bolso secreto, mas não sem que tivesse sido visto por um trabalhador que se sentara no banco ao lado.

– Olá, rapaz! – disse ele. – Parece que você está armado e pronto para atirar.

O jovem sorriu com um ar constrangido.

– Sim – disse ele –, precisamos disso às vezes no lugar de onde venho.

– E que lugar é esse?

– Venho de Chicago.

– Um estrangeiro por aqui?

– Sim.

– Pode ser que precise disso aqui – disse o trabalhador.

– Ah! É mesmo? – o jovem parecia interessado.

– Não ouviu nada das coisas por aqui?

– Nada de especial.

– Ora, pensei que o país todo soubesse. Vai saber logo. O que o traz aqui?

– Disseram que sempre há trabalho para um homem disposto.

– Você é do sindicato?

– Claro.

– Então encontrará trabalho, acho. Tem amigos?

– Ainda não; mas tenho como fazê-los.

– Como assim?

– Sou da Eminente Ordem dos Homens Livres. Não há cidade sem uma loja, e onde tem uma loja, eu encontro amigos.

O comentário teve um efeito estranho no outro. Olhou de modo suspeito para os outros à sua volta no vagão. Os mineiros ainda sussurravam entre si. Os dois policiais estavam cochilando. Ele se levantou, sentou perto do jovem viajante e segurou sua mão.

– Toque aqui – ele disse.

Os dois apertaram-se as mãos.

– Vejo que você fala a verdade – disse o trabalhador. – Mas é bom me certificar.

Ele colocou a sua mão direita na sobrancelha direita. O viajante imediatamente colocou sua mão esquerda na sobrancelha esquerda.

– As noites escuras são desagradáveis – disse o trabalhador.

– Sim, para estrangeiros que viajam – o outro respondeu.

– Isso é bom o bastante. Sou o irmão Scanlan, loja 341, Vale de Vermissa. Fico feliz em ver você por aqui.

– Obrigado. Sou o irmão John McMurdo, loja 29, Chicago. Grão-mestre J. H. Scott. Mas tive sorte de encontrar um irmão tão depressa.

– Bem, há muitos de nós por aqui. Você não encontra uma ordem mais próspera em nenhum lugar dos Estados Unidos como aqui no Vale de Vermissa. Mas precisamos de sujeitos como você. Não entendo como um rapaz esperto do sindicato não encontrou trabalho em Chicago.

– Encontrei bastante trabalho – disse McMurdo.

– Então, por que foi embora?

McMurdo apontou para os policiais e sorriu.

– Acho que esses tipos gostariam de saber – ele disse.

Scanlan murmurou, solidário.

– Encrencado? – perguntou, com um sussurro.

– Muito.

– Um trabalho penitenciário?

– E tudo o mais.

– Não foi assassinato?

– É muito cedo para falar sobre essas coisas – disse McMurdo com ar de quem fora surpreendido falando mais do que devia. – Tenho minhas razões para ir embora de Chicago, e isso basta para você. Quem é você para me fazer esse tipo de pergunta?

Seus olhos cinzentos, por debaixo dos óculos, brilharam com uma raiva súbita e perigosa.

– Tudo bem, parceiro, sem ofensas. Os rapazes não vão achar nada, não importa o que tenha feito. Para onde está indo agora?

– Vermissa.

– É a terceira parada da linha. Onde vai descer?

McMurdo pegou o envelope e segurou-o contra a luz escura da lamparina.

– O endereço está aqui... Jacob Shafter, rua Sheridan. É uma pensão recomendada por um homem que conheci em Chicago.

– Bem, não conheço, mas Vermissa está fora do meu setor. Moro em Hobson's Patch, onde chegamos agora. Mas, veja, tenho um conselho para lhe dar antes de partir: se você tiver problemas em Vermissa, vá para Union House e procure o chefe McGinty. Ele é o grão-mestre da loja de Vermissa, e nada acontece por aqui, a menos que Black Jack McGinty queira. Até logo, rapaz! Talvez nos encontremos na loja, numa noite dessas. Mas preste atenção ao que disse: se tiver problemas, procure o chefe McGinty.

Scanlan desceu e McMurdo ficou mais uma vez absorto em pensamentos. A noite agora caíra, e as chamas das muitas fornalhas crepitavam e saltavam na escuridão. Sobre esse fundo lúgubre, figuras escuras se curvavam e esticavam, se torciam e viravam, com o movimento do sarilho, ao ritmo de um tilintar e arfar incessante.

– Acho que o inferno deve ser parecido com isso – disse uma voz.

McMurdo virou-se e viu que um dos policiais tinha saído de seu lugar e olhava a terra causticante.

– Por isso – disse o outro policial – acredito que o inferno deve ser parecido com isso. Se houver lá embaixo piores diabos do que os que conhecemos, nem sei o que esperar. Acho que você é novo por aqui, rapaz?

– Bem, qual é o problema se eu for? – McMurdo respondeu com voz ríspida.

– Apenas isto: aconselho-o a ser cuidadoso na escolha dos amigos. Não acho que eu começaria com Mike Scanlan ou sua turma, se eu fosse o senhor.

– Por que diabos você se importa com quem são meus amigos? – esbravejou McMurdo, num tom de voz que fez todas as cabeças do vagão se voltarem para assistir à discussão. – Pedi seu conselho, ou acha que sou tão idiota que não sei me virar sem você? Não lhe dirigi a palavra e, por Deus, você terá que esperar muito tempo antes que eu o faça!

Avançou o rosto na direção dos policiais e arreganhou os dentes como um cachorro rosnando.

Os dois policiais, homens rústicos e afáveis, ficaram surpresos pela extraordinária fúria com que o gesto amistoso fora rejeitado.

– Sem ofensas, forasteiro – disse um deles. – Era um aviso para seu próprio bem, já que pela sua aparência você é novo por aqui.

– Sou novo por aqui, mas não para vocês e gente da sua laia! – gritou McMurdo, enraivecido. – Acho que vocês são iguais em toda parte, metendo-se com seus conselhos que ninguém pediu.

– Talvez nos encontremos em breve – disse um dos policiais, com um sorriso. – Você é mesmo especial, se não me engano.

– Pensei o mesmo – observou o outro. – Acho que é possível que nos encontremos de novo.

– Não tenho medo de vocês, nem pensar! – gritou McMurdo. – Meu nome é Jack McMurdo... entenderam? Se procurarem por mim, vão me encontrar na pensão de Jacob Shafter, na Rua Sheridan, em Vermissa; não estou me escondendo, não é? De dia ou de noite eu encaro vocês... não tem erro!

Houve um murmúrio de compreensão e admiração dos mineiros pela conduta audaciosa do recém-chegado, enquanto os dois policiais encolheram os ombros e retomaram a conversa entre si.

Poucos minutos depois, o trem entrou numa estação mal-iluminada e foi uma debandada geral, pois Vermissa era sem dúvida a maior cidade da linha. McMurdo pegou sua valise de couro e estava entrando na escuridão, quando um dos mineiros se aproximou.

– Meu Deus, rapaz! Você sabe falar com os tiras – ele disse, com voz de admiração. – Foi bom ouvi-lo. Deixe-me levar a valise e mostrar o trajeto. Vou passar pela pensão de Shafter no caminho para meu barracão.

Seguiu-se um coro amistoso de "boa noite" dos outros mineiros quando atravessaram a plataforma. Mesmo sem ter posto o pé em Vermissa, o turbulento McMurdo já se tornara um personagem.

O campo era um lugar de terror, mas a cidade, a seu modo, era ainda mais deprimente. Embaixo do extenso vale havia pelo menos um certo esplendor sombrio nas enormes labaredas de fogo e nuvens flutuantes de fumaça, enquanto a força e o trabalho do homem encontravam monumentos adequados nas colinas que ele tinha feito ao lado de suas escavações monstruosas. Mas a cidade exibia feiura e imundície absolutas. A rua larga, devido ao tráfego, tornara-se uma horrível massa cheia de sulcos de neve lamacenta. As calçadas eram estreitas e irregulares. Os inúmeros lampiões de gás serviam apenas para mostrar com mais clareza uma longa fila de casas de madeira, cada uma com uma varanda de frente para a rua, todas desarrumadas e sujas.

Ao se aproximarem do centro da cidade, a cena abrilhantou-se por uma fileira de lojas iluminadas e, mais adiante, por alguns bares e cassinos, onde os mineiros gastavam seu dinheiro suado mas abundante.

– Este é o sindicato – disse o guia, mostrando um bar que tinha quase o porte de um hotel. – Jack McGinty é o chefe aí.

– Que tipo de homem é ele? – McMurdo perguntou.

– O quê! Você nunca ouviu falar do chefe?

– Como poderia ter ouvido falar dele, se você sabe que sou um forasteiro por aqui?

– Bem, pensei que o nome dele era conhecido em todo o país. Saiu várias vezes no jornal.

– Por quê?

– Bem – o mineiro abaixou a voz –, por causa dos negócios.

– Que negócios?

– Meu Deus, senhor! Você é estranho, sem querer ofender. Você só vai ouvir falar sobre um tipo de negócio por essas bandas, que é o negócio dos Scowrers.

– Ora, acho que já li sobre os Scowrers em Chicago. É um grupo de assassinos, não é?

– Cale-se, se não quer morrer! – gritou o mineiro, imóvel de medo e olhando perplexo para seu companheiro. – Rapaz, você não vai viver muito tempo por estas bandas se falar desse jeito na rua. Muitos homens perderam a vida por menos.

– Bem, eu não sei nada sobre eles. Só sei o que li.

– E não estou dizendo que o que você leu não seja verdade – o homem olhou a sua volta, nervoso, enquanto falava, examinado as sombras, como se temesse algum perigo oculto. – Se matar é assassinato, então Deus sabe que há assassinatos, e muitos. Mas nem tente associar o nome de Jack McGinty a eles, forasteiro; pois todos os comentários chegam até ele e ele não costuma deixar passar nada. Agora, lá está a casa que você procura, aquela recuada. Vai encontrar o velho Jacob Shafter, que cuida dela da forma mais honesta desta cidade.

– Agradeço muito – disse McMurdo, e depois de apertar a mão do seu novo conhecido, com a valise na mão, seguiu pelo caminho que levava à pensão, em cuja porta bateu com força.

Uma pessoa muito diferente da que ele esperava abriu a porta. Era uma mulher jovem e muito bonita. Ela era do tipo alemão, de cabelos claros, com um picante contraste de belos olhos escuros que examinaram o forasteiro com surpresa e um constrangimento gentil que fez enrubescer seu rosto pálido. Emoldurada pela luminosidade da porta aberta, parecia que McMurdo nunca vira cena mais bela, ainda mais atraente pelo contraste com os arredores sombrios e sórdidos. Uma linda violeta desabrochando nos montes de lixo das minas não teria sido mais surpreendente. Ficou tão arrebatado que coube a ela quebrar o silêncio.

– Achei que fosse o papai – disse ela, com um sotaque alemão leve e agradável. – O senhor veio vê-lo? Está lá embaixo, na cidade. Já deve voltar.

McMurdo continuou a encará-la, admirado, até que os olhos dela se abaixaram, confusa diante de um visitante tão dominador.

– Não, senhorita – disse ele, afinal –, não tenho pressa em vê-lo. Mas recomendaram-me a sua casa como pensão. Achei que talvez pudesse ser boa para mim... mas agora tenho certeza.

– O senhor é rápido nas decisões – ela disse, sorrindo.

– Só um cego não faria o mesmo – respondeu o outro.

Ela sorriu com o elogio.

– Entre, senhor – ela disse –, eu sou a srta. Ettie Shafter, a filha do sr. Shafter. Minha mãe morreu e eu tomo conta da casa. O senhor pode se sentar perto do fogo na sala da frente, enquanto meu pai não chega... Ah, aí está ele! O senhor já pode combinar tudo com ele.

Um homem grande, de certa idade, avançou com dificuldade pelo caminho. Com poucas palavras, McMurdo explicou seus negócios. Um homem chamado Murphy tinha-lhe dado o endereço em Chicago. Este, por sua vez, recebera a indicação de outra pessoa. O velho Shafter era ligeiro. O forasteiro não criou dificuldades com as condições, concordou de pronto com tudo e parecia ter bastante dinheiro. Por sete dólares por semana pagos antecipadamente, teria cama e comida.

Foi assim que McMurdo, o confesso fugitivo da justiça, foi morar sob o teto dos Shafters, o primeiro passo de um caminho que levaria a uma longa e obscura série de eventos que terminaria numa terra longínqua.

Capítulo 2

O grão-mestre

McMurdo era um homem que depressa chamava a atenção. Onde estivesse, as pessoas logo o conheciam. Em uma semana, tornara-se a pessoa mais importante da pensão de Shafter. Havia dez ou doze hóspedes ali, mas eram capatazes honestos ou simples funcionários das lojas, de estirpe muito diferente do jovem irlandês. À noite, quando se reuniam, a sua piada era a mais rápida, a sua conversa a mais inteligente, a sua música a melhor. Era um companheiro nato, com um magnetismo que deixava de bom humor todos ao seu redor. No entanto, diversas vezes, como mostrara no vagão do trem, tinha a capacidade de se enfurecer de repente, de forma violenta, o que incitava respeito e temor nos que o cercavam. Também em relação à lei e tudo ligado a ela exibia um profundo desprezo, que agradava a alguns hóspedes e alarmava outros.

Desde o início, deixou transparecer sua total admiração pela filha do dono da casa, que conquistou seu coração no instante em que viu a sua beleza e graça. Não era um pretendente tímido. No segundo dia, disse-lhe que a amava, e daí para frente repetia sempre a mesma história, sem se importar com o que ela dissesse para desencorajá-lo.

– Outra pessoa? – ele dizia. – Pior para ele! Ele que se cuide! Não vou perder a chance da minha vida e todo o desejo do meu coração por causa de outra pessoa. Pode dizer que não, Ettie; ainda vai chegar o dia em que você dirá que sim, sou jovem o bastante para esperar.

Ele era um pretendente perigoso, com o jeito desinibido de falar dos irlandeses e modos elegantes e persuasivos. Também tinha aquele charme da experiência e do mistério que atrai o interesse e depois o amor das mulheres. Contava sobre os encantadores vales do condado de Monaghan de onde viera, da adorável e distante ilha, das pequenas colinas e dos verdes prados, que pareciam ainda mais maravilhosos vistos daquele lugar cheio de sujeira e neve.

Depois contava sobre a vida nas cidades do norte, de Detroit, dos campos de madeira de Michigan e, por fim, de Chicago, onde trabalhara numa serraria. Em seguida, uma alusão a romances, uma sensação de que coisas estranhas tinham lhe acontecido na cidade grande, tão estranhas e tão íntimas que mal podiam ser contadas. Melancólico, contava sobre a súbita partida, o rompimento dos laços antigos, a fuga para um mundo estranho, terminando nesse vale sombrio, e Ettie escutava, seus olhos escuros brilhando de compaixão e solidariedade... duas qualidades que tão depressa e tão naturalmente podem se transformar em amor.

McMurdo conseguira um trabalho temporário de guarda-livros, pois era um homem com estudo. Isso o mantinha fora de casa a maior parte do dia e, por isso, não tivera a oportunidade de se apresentar ao chefe da loja da Eminente Ordem dos Homens Livres. Todavia, foi lembrado dessa omissão pela visita de Mike Scanlan, certa noite, o companheiro que encontrara no trem. Scanlan, um homem baixo, nervoso, de rosto agudo e olhos negros, parecia contente em vê-lo mais uma vez. Depois de um ou dois copos de uísque, passou ao motivo de sua visita.

– Diga-me, McMurdo – disse ele –, lembrei-me do endereço e tomei a liberdade de visitá-lo. Estou surpreso de você não ter se apresentado ao grão-mestre. Por que ainda não foi ver o chefe McGinty?

– Bem, tive de procurar trabalho. Ando ocupado.

– Você deve ter tempo para ele, mesmo que não tenha para mais nada. Meu Deus, rapaz! Você foi um idiota ao não ir ao sindicato e registrar seu nome na primeira manhã em que chegou! Se você for contra ele... bem, não deve, é isso aí!

McMurdo mostrou-se um pouco surpreso.

– Sou membro da loja há mais de dois anos, Scanlan, mas nunca ouvi falar que os deveres são tão urgentes assim.

– Talvez não em Chicago.

– Bem, é a mesma sociedade aqui.

– É?

Scanlan encarou-o por um longo tempo. Havia algo de sinistro no seu olhar.

– Não é?

– Você me dirá daqui um mês. Contaram-me que você conversou com os policiais depois que eu saí do trem.

– Como você sabe?

– Oh, soube... as coisas boas e ruins se espalham por essa região.

– Bem, sim. Disse aos cães o que penso deles.

– Meu Deus, você será um dos favoritos de McGinty!

– Ele também odeia a polícia?

Scanlan estourou na gargalhada.

– Vá vê-lo, rapaz – disse ele ao sair. – Não é a polícia, mas a você que ele vai odiar, se você não for! Ora, aceite o conselho de um amigo e vá logo!

Aconteceu que na mesma noite McMurdo teve outra conversa urgente que o impeliu na mesma direção. Pode ser que sua dedicação a Ettie tenha ficado mais evidente ou que tenha sido percebida pela mente vagarosa do bom anfitrião alemão; qualquer que fosse a causa, o dono da pensão chamou o rapaz para a sua sala particular e começou o assunto sem rodeios.

– Parece-me que o senhor – disse ele –, que o senhor está *interressado* na minha Ettie. É isso, ou estou errado?

– É isso mesmo – o jovem respondeu.

– Bem, *querro* lhe dizer logo que não é possível. Alguém chegou antes.

– Ela me disse.

– Bem, pode ter *cerrteza* de que ela falou a verdade. Mas ela lhe disse quem é ele?

– Não! Eu perguntei, mas ela não respondeu.

– Claro que não, *esperrtinha*! Decerto ela não *querria* assustá-lo.

– Assustar! – McMurdo irritou-se por um momento.

– Ah, sim, meu amigo! Não *prrecisa* ter *verrgonha* de sentir medo dele. Teddy Baldwin.

– E quem é ele?

– É o chefe dos Scowrers.

– Scowrers! Já ouvi falar neles. É Scowrers aqui e ali, sempre em voz baixa. Do que vocês têm medo? Quem são os Scowrers?

O dono da pensão baixara a voz instintivamente, como todos que falavam sobre tal terrível sociedade.

– Os Scowrers – disse ele – são a Eminente Ordem dos Homens Livres!

O jovem ficou olhando.

– Ora, eu sou um membro dessa ordem.

– O senhor! Eu nunca o *aceitarria* na minha casa, se soubesse... nem que me pagasse cem *dólarres* por semana.

– Qual é o problema dessa ordem? É para caridade e camaradagem. As regras são claras.

– Talvez em alguns lugares. Aqui não!

– Como é aqui?

– É uma sociedade de *crrimes.*

McMurdo riu-se, incrédulo.

– Como o senhor pode provar isso? – perguntou.

– *Prrovar*! Não há cinquenta *crrimes* para *prrovar*? E Milman e Van Shorst, e a família Nicholson, e o velho sr. Hyam, e o pequeno Billy James, e os outros? *Prrovar*! Existe um homem ou uma mulher neste vale que não saiba?

– Veja bem! – disse McMurdo, sério. – Quero que o senhor retire o que disse, ou então se justifique. Deve fazer um dos dois antes que eu saia desta sala. Coloque-se no meu lugar. Eu, um forasteiro nesta cidade. Pertenço a uma sociedade que conheço como sendo inocente. Que se encontra por todos os Estados Unidos, sempre inocente. Ora, quando estou pensando em me afiliar, o senhor me diz que é uma sociedade de crimes com o nome de Scowrers. Acho que o senhor me deve desculpas ou uma explicação, sr. Shafter.

– Só posso lhe dizer o que todo mundo sabe, senhor. Os chefes de uma são os chefes da outra. Se o senhor ofender um, é outro quem vai acertá-lo. Tivemos várias provas.

– Isso é boato... quero provas! – disse McMurdo.

– Se o senhor *morrar* por aqui algum tempo, *terrá* sua *prrova.* Mas esqueci-me de que o senhor é um deles. O senhor logo *serrá* tão mau quanto o resto. Mas o senhor *terrá* que *procurrar* outro lugar. Não posso deixá-lo aqui. Já não basta que um deles venha cortejar a minha Ettie, e que eu não tenha *corragem* de mandá-lo *emborra*, e *agorra* ter *outrro* hospedado aqui? Sim, o senhor só *ficarrá* aqui esta noite.

McMurdo viu-se banido tanto de seu confortável quarto quanto da moça que amava. Encontrou-a sozinha na sala na mesma noite e despejou seus problemas.

– Realmente, seu pai acaba de me avisar – ele disse. – Não me importaria muito se fosse apenas meu quarto, mas apesar de só conhecê-la há uma semana, Ettie, você é o alento da minha vida, e não posso viver sem você.

– Oh! Cale-se, sr. McMurdo, não diga isso! – falou a moça. – Eu lhe disse que chegou tarde demais, não é? Há um outro, e se não prometi casar com ele logo, também não posso prometer a ninguém mais.

– Se eu tivesse sido o primeiro, Ettie, teria tido uma chance?

Ela afundou o rosto nas mãos.

– Gostaria que você tivesse sido o primeiro! – ela soluçou.

McMurdo ajoelhou-se diante dela em um instante.

– Pelo amor de Deus, Ettie, pare com isso! – ele gritou. – Vai arruinar a sua e a minha vida por causa dessa promessa? Ouça seu coração, meu amor! É um guia melhor do que uma promessa feita antes que soubesse o que estava dizendo.

Ele segurou a mão branca de Ettie com as suas mãos fortes e bronzeadas.

– Diga que você será minha e enfrentaremos isso juntos!

– Não aqui?

– Sim, aqui mesmo.

– Não, não, Jack! – Seus braços estavam agora em volta dela. – Não pode ser aqui. Você me levaria embora?

O rosto de McMurdo se anuviou por um momento, mas acabou por ficar como granito.

– Não, aqui – ele disse. – Por você eu luto contra o mundo, Ettie, aqui mesmo onde estamos!

– Por que não podemos ir embora juntos?

– Não, Ettie, não posso ir embora daqui.

– Mas por que?

– Eu nunca mais levantaria a cabeça, se sentisse que tive de fugir. Além disso, ter medo do quê? Não somos pessoas livres num país livre? Se você me ama, e eu a amo, quem ousará se intrometer?

– Você não sabe, Jack. Faz muito pouco tempo que está aqui. Você não conhece o tal Baldwin. Você não conhece McGinty e seus Scowrers.

– Não! Não os conheço, não tenho medo deles e não acredito neles! – disse McMurdo. – Já vivi entre homens rudes, minha querida, e em vez de temê-los, eles é que sempre acabavam sentindo medo de mim... sempre, Ettie. É um absurdo! Se esses homens, como disse seu pai, cometeram crimes e mais crimes no vale, e se todo mundo os conhece pelo nome, como é possível que nenhum deles tenha sido levado à justiça? Responda-me, Ettie!

– Porque nenhuma testemunha tem coragem de depor contra eles. Não viveria um mês depois de fazê-lo. Também porque eles sempre têm seus homens para jurar que o acusado estava bem longe da cena do crime. Mas, com certeza, Jack, você leu sobre isso. Achei que todos os jornais dos Estados Unidos escreviam sobre isso.

– Bem, li alguma coisa, é verdade; mas achei que eram histórias. Talvez esses homens tenham alguma razão no que fazem; talvez tenham sido tratados injustamente e não tenham outro jeito de se defender.

– Oh, Jack, não diga uma coisa dessas! É isso que ele diz... o outro!

– Baldwin... ele diz essas coisas, não é?

– E por isso eu o odeio tanto. Oh, Jack, agora posso contar-lhe a verdade. Eu o odeio do fundo do coração, mas também tenho medo dele. Tenho medo dele por minha causa, mas, principalmente, tenho medo dele por causa de meu pai. Sei que uma desgraça se abateria sobre nós se eu tivesse coragem de dizer o que sinto na verdade. Por isso fiz meias promessas para me livrar dele. Na verdade, era a nossa única esperança. Mas se você fugisse comigo, Jack, poderíamos levar meu pai conosco e viver para sempre longe do poder desses bandidos.

De novo o rosto de McMurdo se anuviou e de novo virou granito.

– Nada acontecerá a você, Ettie... nem a seu pai. Quanto aos bandidos, acho que você ainda verá que eu sou tão mau ou até pior do que eles.

– Não, não, Jack! Eu confiaria em você em qualquer lugar.

McMurdo riu amargamente.

– Meu Deus! Como você me conhece mal! Sua alma inocente não poderia nem imaginar o que se passa na minha, querida. Mas, olá, quem é o visitante?

A porta se abrira de repente e um jovem entrou com um andar arrogante e ares de dono da casa. Era um jovem belo e vistoso, com a mesma idade e tipo físico de McMurdo. Sob o chapéu de feltro de aba larga, que não se preocupara em tirar, um rosto bonito com olhos ferozes e dominadores e um nariz aquilino olhou de modo feroz para o casal sentado perto da lareira.

Ettie levantou-se depressa, confusa e assustada.

– Muito prazer em vê-lo, sr. Baldwin – ela disse. – Chegou mais cedo do que eu esperava. Venha sentar-se.

Baldwin ficou de pé com as mãos na cintura, olhando para McMurdo.

– Quem é esse? – perguntou, lacônico.

– É um amigo, sr. Baldwin, um hóspede novo. Sr. McMurdo, posso apresentar-lhe o sr. Baldwin?

Os rapazes cumprimentaram-se com um aceno mal-humorado.

– Talvez a srta. Ettie tenha lhe dito o que existe entre nós? – disse Baldwin.

– Não achei que houvesse qualquer relação entre vocês.

– Não? Bem, pode achar agora. Fique sabendo que essa jovem é minha, e você verá que é uma noite muito agradável para dar um passeio.

– Muito obrigado, mas não estou com vontade de passear.

– Não está? – os olhos selvagens do homem reluziram de raiva. – Talvez esteja com vontade de lutar, sr. Hóspede!

– Isso sim! – gritou McMurdo, ficando de pé. – Nada me deixaria mais disposto.

– Pelo amor de Deus, Jack! Oh, pelo amor de Deus! – gritou a pobre e confusa Ettie. – Oh, Jack, Jack, ele vai machucá-lo!

– Oh, então é Jack, não é? – disse Baldwin, praguejando. – Já chegaram nesse ponto, não é?

– Oh, Ted, seja razoável... seja gentil! Faça-o por mim, Ted, se jamais me amou, seja generoso e clemente!

– Acho que se nos deixasse a sós, Ettie, poderíamos resolver isso – disse McMurdo, calmo. – Ou talvez, sr. Baldwin, o senhor viesse para a rua comigo. A noite está agradável, e há um terreno grande no próximo quarteirão.

– Vou acertar contas com você sem ter que sujar as mãos – disse o inimigo. – Vai se arrepender de ter posto os pés nesta casa antes de eu acabar com você.

– Nenhuma hora é mais oportuna do que esta – gritou McMurdo.

– Eu escolho a hora certa, senhor. Deixe a hora comigo. Veja isto! – levantou de repente a manga da camisa e mostrou um sinal no braço que parecia ter sido marcado a fogo. Era um círculo com um triângulo dentro. – Sabe o que significa?

– Não sei e não me interessa!

– Bem, você saberá, prometo. Também não ficará muito mais velho. Talvez a srta. Ettie possa lhe contar um pouco sobre isso. Quanto a você, Ettie, você voltará para mim de joelhos... ouviu, mocinha?... de joelhos... e eu lhe direi qual será o seu castigo. Você plantou... e, juro por Deus, você vai colher – ele olhou para os dois com raiva. Então deu as costas, e um instante mais tarde a porta da rua bateu atrás dele.

Por alguns momentos, McMurdo e a moça ficaram em silêncio. Então ela atirou seus braços em volta dele.

– Oh, Jack, como você foi corajoso! Mas não adianta, você tem de fugir! Hoje à noite, Jack, hoje à noite! É sua única chance. Ele vai acabar com sua vida. Vi nos seus olhos terríveis. Quais são suas chances ao lutar contra doze deles, com o chefe McGinty e toda a força da loja com eles?

McMurdo soltou os braços dela, beijou-a e gentilmente levou-a para uma cadeira.

– Aqui, meu amor, aqui! Não se preocupe nem tenha medo por minha causa. Eu também sou um Homem Livre. Acabo de contar a seu pai. Talvez eu não seja melhor do que os outros; por isso, não pense que sou um santo. Talvez você me odeie também, agora que lhe contei.

– Odiá-lo, Jack? Enquanto eu viver, nunca poderei sentir isso por você! Disseram-me que não há mal nenhum em ser um Homem Livre em qualquer outro lugar que não seja aqui; portanto, como poderia pensar mal de você? Mas se você é um Homem Livre, por que não vai lá fazer do chefe McGinty um amigo, Jack? Oh, depressa, Jack, depressa! Fale com ele primeiro, senão aqueles malditos o perseguirão.

– Pensei na mesma coisa – disse McMurdo. – Vou agora mesmo cuidar disso. Diga a seu pai que dormirei aqui esta noite e que amanhã vou procurar um outro quarto.

O bar do estabelecimento de McGinty estava lotado como de costume, já que era o lugar preferido dos piores sujeitos da cidade. O homem era popular, uma vez que tinha uma disposição rude e jovial que criava uma máscara que escondia muita coisa. Mas além de sua popularidade, o medo que inspirava em toda a região, mesmo num raio de trinta milhas do vale e além das montanhas que o rodeavam, era suficiente para encher o bar, pois ninguém podia se dar ao luxo de ignorar seus favores.

Além dessas forças secretas que todos acreditavam que ele praticava de modo tão cruel, ele era um alto funcionário público, membro do conselho municipal e comissário de estradas, eleito para o cargo por meio dos votos dos malfeitores que, por sua vez, esperavam receber favores dele. As taxas e os impostos eram altíssimos; as obras públicas eram sabidamente negligenciadas, as prestações de contas eram aprovadas por auditores subornados, e os cidadãos decentes eram obrigados a pagar a extorsão pública sem nada comentarem, se não quisessem que algo pior lhes sucedesse.

Foi assim que, ano após ano, os alfinetes de brilhante do chefe McGinty se tornaram maiores, suas correntes de ouro ficaram mais pesadas, dando a volta em coletes mais vistosos, e o seu bar crescia cada vez mais, a ponto de ameaçar tomar conta de uma parte inteira da praça do Mercado.

McMurdo abriu a porta de vaivém do bar com um empurrão e caminhou no meio da multidão de homens, numa atmosfera carregada de fumaça de cigarro e pesada com o cheiro de álcool. O lugar era esplendidamente iluminado, e os enormes espelhos dourados em todas as paredes refletiam e multiplicavam a espalhafatosa iluminação. Havia vários *barmen* em mangas de camisa trabalhando sem descanso, preparando bebidas para os ociosos que ficavam à volta do grande balcão enfeitado com metal.

Bem no fundo, com o corpo apoiado no balcão e um charuto formando um ângulo agudo no canto da boca, ficava um homem alto, forte e musculoso, que só podia ser o famoso McGinty em pessoa. Ele era um gigante de cabelos negros, com barba cerrada e uma mecha de cabelo escuro caindo sobre a gola. Sua pele era escura como a dos italianos, e seus olhos negros, sem brilho e um pouco apertados davam-lhe um aspecto sinistro.

Todo o resto (suas proporções nobres, seus traços finos e sua postura ostensiva) combinava com os modos joviais e francos que exibia. Parecia um sujeito rústico e honesto, de bom coração, por mais rudes que suas palavras pudessem soar. Apenas quando aqueles olhos escuros profundos, sem brilho e sem remorsos, dirigiam-se a uma pessoa é que esta se retraía, sentindo que estava diante das possibilidades infinitas de uma maldade latente, com uma força, uma coragem e uma astúcia que a tornavam mil vezes mais fatal.

Depois de olhar bem para esse homem, McMurdo abriu caminho com os cotovelos, com sua costumeira audácia imprudente, e chegou até um grupinho de aduladores que bajulavam o poderoso chefe, rindo alto ao seu menor gracejo. Os corajosos olhos cinzentos do jovem forasteiro encararam sem medo, através dos óculos, aqueles olhos negros sem brilho que se dirigiram a ele.

– Bem, rapaz, não me lembro de ter visto seu rosto antes.

– Sou novo por aqui, sr. McGinty.

– Não é tão novo que não possa chamar um cavalheiro por seu título.

– Ele é o conselheiro McGinty, rapaz – disse uma voz do grupo.

– Desculpe, conselheiro. Não conheço os hábitos daqui. Mas aconselharam-me a procurá-lo.

– Bem, o senhor me procurou. É isso aí. O que pensa de mim?

– Bem, ainda é cedo. Se seu coração for tão grande quanto o corpo, e sua alma tão bela quanto o rosto, não se poderia desejar nada melhor – disse McMurdo.

– Puxa vida! O senhor fala como um irlandês – gritou o dono do bar, sem saber ao certo se deveria fazer gracejos com esse visitante audacioso ou manter a dignidade. – Então o senhor fez a gentileza de aprovar a minha aparência?

– Claro – disse McMurdo.

– E disseram-lhe que me procurasse?

– Sim.

– E quem lhe disse?

– O irmão Scanlan, da loja 341, de Vermissa. Bebo à sua saúde, conselheiro, e ao nosso encontro – ele levou aos lábios o copo que lhe haviam servido e levantou o dedo mínimo enquanto bebia.

McGinty, que o observava atentamente, levantou as espessas sobrancelhas negras.

– Ah, é isso, não é? – disse ele. – Terei de examinar isso de perto, senhor...

– McMurdo.

– De perto, sr. McMurdo; não confiamos no povo dessa região, nem acreditamos em tudo que nos contam. Venha aqui por um momento, atrás do bar.

Havia uma salinha ali, entupida de barris. McGinty fechou a porta com cuidado e então sentou-se num deles, enquanto, pensativo, mordia seu charuto e observava seu companheiro com aqueles olhos inquietantes. Por alguns minutos, ficou sentado em silêncio total. McMurdo suportou a inspeção de bom humor, com uma mão no bolso do casaco e a outra mexendo no bigode castanho. De súbito, McGinty se inclinou e mostrou um revólver assustador.

– Veja bem, brincalhão – disse ele –, se eu achar que você quer pregar uma peça em nós, sobrará pouco tempo para você.

– É uma recepção estranha – McMurdo respondeu com certa dignidade – para um grão-mestre da loja dos Homens Livres oferecer a um irmão desconhecido.

– Sim, mas é isso que você tem de provar – disse McGinty –, e que Deus te ajude se você não conseguir! Onde fez a iniciação?

– Loja 29, Chicago.

– Quando?

– Em 24 de junho de 1872.

– Quem era o grão-mestre?

– James H. Scott.

– Quem é seu chefe de distrito?

– Bartholomew Wilson.

– Hm! Você parece bem fluente nos testes. O que faz aqui?

– Trabalho, como o senhor... mas um trabalho mais modesto.

– Você responde depressa.

– Sim, sempre fui rápido com as palavras.

– Você é rápido na ação?

– Tenho essa fama entre os que me conhecem.

– Bem, talvez possamos testá-lo antes do que você imagina. Já ouviu falar da loja nessa região?

– Ouvi falar que é preciso ser homem para ser um irmão.

– É verdade em relação a você, sr. McMurdo. Por que saiu de Chicago?

– Estaria condenado se lhe contasse isso!

McGinty abriu os olhos. Não estava acostumado a receber respostas desse tipo e achou divertido.

– Por que não quer contar para mim?

– Porque um irmão não pode mentir para outro.

– Então a verdade é tão terrível que não pode ser contada?

– Pense o que achar melhor.

– Olhe aqui, rapaz, você não acha que eu, o grão-mestre, vou aceitar na loja um homem sobre cujo passado não pode falar.

McMurdo olhou perplexo. Então tirou um recorte de jornal amassado do bolso.

– O senhor não entregaria um colega? – disse ele.

– Meto-lhe a mão na cara, se me disser uma coisa dessas! – gritou McGinty, irritado.

– O senhor está certo, conselheiro – disse McMurdo, dócil. – Peço desculpas, falei sem pensar. Bem, sei que estou seguro em suas mãos. Veja esse recorte.

McGinty passou os olhos sobre o relato de um assassinato de um certo Jonas Pinto no bar do Lago, rua do Mercado, Chicago, na semana do Ano Novo, em 1874.

– Obra sua? – perguntou, devolvendo o jornal.

McMurdo assentiu.

– Por que atirou nele?

– Eu ajudava o tio Sam a fazer dólares. Talvez o meu ouro não fosse tão bom quanto o dele, mas parecia bom e era mais barato de fazer. Esse tal de Pinto me ajudava a empurrar as falcatruas...

– A fazer o quê?

– Bem, quero dizer, colocar os dólares em circulação. Depois disse que ia rachar. Talvez tivesse rachado. Não esperei para ver. Dei cabo dele e fugi para as minas de carvão.

– Por que as minas de carvão?

– Porque tinha lido nos jornais que as pessoas não eram muito metidas nesta região.

McGinty riu.

– Primeiro você foi um falsificador e depois um assassino, e veio para cá porque achou que seria bem recebido.

– É mais ou menos isso – McMurdo respondeu.

– Bem, acho que você vai longe. Diga, você ainda sabe fazer aqueles dólares?

McMurdo tirou meia dúzia do bolso.

– Estas nunca passaram pela Casa da Moeda em Filadélfia – disse ele.

– Não me diga! – McGinty aproximou-as da luz com suas enormes mãos, peludas como a de um gorila. – Não vejo nenhuma diferença. Puxa! Acho que você será um irmão muito útil! É bom ter um ou dois homens inescrupulosos entre nós, amigo McMurdo, pois há ocasiões em que temos que pegar a nossa parte. Caso contrário, logo estaríamos contra a parede, se não reagíssemos contra os que nos empurram.

– Bem, acho que farei a minha parte junto com o resto dos rapazes.

– Você parece ter muita coragem. Nem se mexeu quando eu apontei essa arma para você.

– Não era eu quem corria perigo.

– Quem então?

– O senhor, conselheiro – McMurdo tirou do bolso lateral da jaqueta uma arma apontada. – Eu estava apontando para o senhor o tempo todo. Acho que meu tiro teria sido mais rápido do que o seu.

– Puxa vida! – McGinty ficou vermelho de raiva e depois soltou uma gargalhada. – Não tivemos nenhum perigo tão perto há muito tempo. Acho que a loja aprenderá a se orgulhar de você... bem, que diabos você quer? Não posso falar em particular com este cavalheiro por cinco minutos, sem que você nos interrompa?

O *barman* ficou desconcertado.

– Desculpe, conselheiro, mas é Ted Baldwin. Disse que precisava falar com o senhor agora mesmo.

O recado não foi necessário, pois o rosto cruel e firme do homem estava olhando por cima do ombro do empregado. Ele afastou o *barman* e fechou a porta atrás de si.

– Então – disse ele, com um olhar furioso para McMurdo –, você chegou primeiro, não é? Tenho que lhe dizer algo, conselheiro, sobre esse homem.

– Então diga aqui e agora, na minha cara – gritou McMurdo.

– Vou dizer quando e do jeito que eu quiser.

– Opa! – disse McGinty, levantando-se do barril. – Assim não dá. Temos um novo irmão aqui, Baldwin, e não devemos recebê-lo desse jeito. Aperte a mão dele, homem, e faça as pazes.

– Nunca! – gritou Baldwin, furioso.

– Eu me ofereci para lutar com ele, se acha que o ofendi – disse McMurdo. – Com os punhos ou, se ele preferir, luto com o que ele escolher. Agora deixo ao senhor, conselheiro, julgar o caso como um grão-mestre.

– Do que se trata?

– Uma moça. Ela é livre para escolher.

– É? – gritou Baldwin.

– Entre dois irmãos da loja, devo dizer que sim – disse o chefe.

– Ah! Essa é a sua decisão?

– Sim, é essa, Ted Baldwin – disse McGinty com um olhar grave. – Você tem alguma coisa contra?

– O senhor abandonaria alguém que esteve ao seu lado por cinco anos para favorecer um homem que nunca viu antes na vida? O senhor não será grão-mestre para sempre, Jack McGinty, e por Deus, na próxima eleição...

O conselheiro partiu para cima dele como um tigre. Sua mão fechou-se ao redor do pescoço do outro e atirou-o contra um dos barris. Na sua raiva enlouquecida, ele teria tirado a vida dele, se McMurdo não tivesse interferido.

– Calma, conselheiro! Pelo amor de Deus, tenha calma! – ele gritou, enquanto o puxava para trás.

McGinty soltou a presa, e Baldwin, assustado e intimidado, tentando respirar, com todos os membros tremendo, como alguém que tivesse estado à beira da morte, sentou-se no barril sobre o qual tinha sido atirado.

– Já faz tempo que você está pedindo isso, Ted Baldwin, agora você levou! – gritou McGinty, seu enorme peito subindo e descendo. – Talvez você ache que se eu não for eleito grão-mestre, você ficará com meu lugar. Cabe à loja decidir isso. Mas, enquanto eu for o chefe, não permitirei que homem algum levante a voz contra mim ou minhas decisões.

– Nada tenho contra o senhor – murmurou Baldwin, mexendo no pescoço.

– Bem, então – gritou o outro, reassumindo depressa sua rústica jovialidade – somos todos bons amigos de novo, e o assunto está encerrado.

Pegou uma garrafa de champanhe da prateleira e sacou a rolha.

– Vejam bem – continuou, enquanto enchia três taças. – Vamos fazer o brinde da discórdia da loja. Depois disso, como sabem, não pode correr sangue entre nós. Agora, então, a mão esquerda no meu pomo de adão. Eu pergunto ao senhor, Ted Baldwin, qual é a ofensa?

– As nuvens estão pesadas – respondeu Baldwin.

– Mas logo vão brilhar para sempre.

– Juro que sim.

Os homens beberam nas taças e a mesma cerimônia foi realizada entre Baldwin e McMurdo.

– Pronto! – gritou McGinty, esfregando as mãos. – Este é o fim da discórdia. Vocês terão de se submeter à disciplina da loja se isso continuar, e pode ser bem dura por essas bandas, como o irmão Baldwin bem sabe... e como você logo saberá, irmão McMurdo, se arrumar encrenca.

– Acredite, vou devagar – disse McMurdo, e estendeu a mão para Baldwin. – Sou rápido para brigar e rápido para esquecer. Dizem que é meu sangue irlandês impetuoso. Mas, por mim, acabou e não guardo ressentimentos.

Baldwin teve de aceitar a mão que se oferecia, pois o olhar implacável do terrível chefe mirava-o. Mas seu rosto mal-humorado mostrava que as palavras em nada o tocavam.

McGinty bateu nos ombros dos dois.

– Hm! Essas moças! Essas moças! – ele gritou. – Pensar que a mesma saia estaria entre dois dos meus rapazes! Coisas do diabo! Bem, é a moça deles que vai resolver a questão, pois está fora da alçada do grão-mestre... que Deus seja louvado por isso! Já temos o bastante sem as mulheres. Você deve se filiar à loja 341, irmão McMurdo. Temos os nossos meios e métodos, diferentes dos de Chicago. Nós nos reunimos aos sábados à noite, e se você vier, ficará livre do Vale de Vermissa para sempre.

Capítulo 3

Loja 341, Vermissa

No dia seguinte àquela noite de tantos acontecimentos emocionantes, McMurdo saiu do alojamento do velho Jacob Shafter e instalou-se na casa da viúva MacNamara, nos arredores mais afastados da cidade. Scanlan, seu primeiro conhecido do trem, teve a oportunidade de mudar para Vermissa pouco tempo depois, e os dois foram morar juntos. Não havia outros hóspedes, e a anfitriã, uma senhora irlandesa tranquila, deixava-os sossegados, com liberdade para falar e agir como convém a homens com segredos em comum.

Shafter condescendera a ponto de permitir que McMurdo viesse às refeições quando quisesse, de tal modo a não interromper sua relação com Ettie, que com o passar das semanas, ficava cada vez mais próxima e íntima.

No seu quarto na nova residência, McMurdo sentiu-se seguro para mexer nos seus moldes de cunhagem, e, sob promessa de guardar segredo, alguns irmãos da loja tiveram permissão de vir vê-los e sempre saíam levando no bolso alguns exemplares da moeda falsa, tão bem cunhados que não havia a menor dificuldade ou perigo em passá-los adiante. Dominando uma arte tão maravilhosa, o motivo por que McMurdo continuava a trabalhar era um mistério perpétuo para seus companheiros, embora ele deixasse claro, para quem lhe perguntasse, que, se não tivesse um meio visível de sobrevivência, logo a polícia estaria em seu encalço.

De fato, já havia um policial atrás dele, mas quis a sorte que o incidente trouxesse mais bem do que mal ao aventureiro. Depois da apresentação inicial, foram poucas as noites em que não foi ao bar de McGinty para conhecer melhor os “rapazes”, que era o título jovial pelo qual se reconhecia e era conhecida a perigosa gangue que infestava o lugar. Seus modos ousados e fala destemida fizeram dele um favorito entre eles, enquanto o jeito rápido e científico de se livrar de um adversário num bate-boca garantiu-lhe o respeito daquela comunidade rude. Todavia, um outro incidente fez com que contasse com ainda mais admiração.

Certa noite, na hora mais movimentada, a porta abriu-se e entrou um homem vestido com o uniforme azul e o chapéu pontudo da polícia das minas. Esta era uma organização criada pelos proprietários das minas de carvão e das ferrovias para complementar os esforços da polícia civil comum, que era absolutamente ineficiente diante do crime organizado que aterrorizava a região. Fez-se silêncio quando entrou, e vários olhares curiosos se lançaram sobre ele; mas as relações entre policiais e criminosos são estranhas em algumas partes dos Estados Unidos, e o próprio McGinty, de pé atrás do balcão, não se mostrou surpreso quando o policial se juntou aos seus fregueses.

– Um uísque puro, pois a noite está gelada – disse o oficial da polícia. – Acho que não nos vimos antes, conselheiro?

– O senhor é o novo capitão? – perguntou McGinty.

– Isso mesmo. Estamos procurando o senhor, conselheiro, e outros cidadãos importantes para nos ajudar em manter a lei e a ordem nessa cidade. Meu nome é capitão Marvin.

– Estaríamos melhor sem vocês, capitão Marvin – disse McGinty, desinteressado. – Temos a nossa polícia da cidade e não precisamos de nada importado. Quem são vocês, a não ser um instrumento pago pelos capitalistas para bater ou atirar nos cidadãos mais pobres?

– Bem, bem, não vamos discutir sobre isso – disse o policial, bem-humorado. – Acredito que cada um de nós cumpre o próprio dever a seu jeito; mas nem todos veem tudo do mesmo modo. – Ele tinha esvaziado seu copo e estava indo embora, quando viu o rosto mal-encarado de Jack McMurdo, que estava ali perto. – Olá! – ele gritou, olhando-o de cima a baixo. – Este é um velho conhecido!

McMurdo afastou-se dele.

– Nunca fui seu amigo e nem de nenhum outro maldito tira em toda minha vida – disse ele.

– Um conhecido nem sempre é um amigo – disse o capitão da polícia, com um sorriso. – Você é Jack McMurdo, de Chicago, tenho certeza, e não adianta negar.

McMurdo encolheu os ombros.

– Não estou negando – disse ele. – Acha que tenho vergonha do meu nome?

– Você tem bons motivos, de qualquer modo.

– Que droga! O que você quer dizer com isso? – ele rugiu, com os punhos cerrados.

– Não, não, Jack! Não gosto de gritaria. Eu era um policial de Chicago antes de vir para essa maldita carvoaria e reconheço de longe um pilantra de Chicago.

McMurdo ficou com a cara no chão.

– Não me diga que você é o Marvin da Central de Chicago! – ele gritou.

– O próprio Teddy Marvin, ao seu dispor. Lá não nos esquecemos do assassinato de Jonas Pinto.

– Eu não atirei nele.

– Não mesmo? Este é um testemunho bastante imparcial, não é? Bem, a morte dele veio a calhar para você, senão eles teriam te pego por falsificação. Bem, vamos esquecer o que passou, pois cá para nós (e talvez eu esteja me excedendo ao dizer isso), eles não têm provas seguras contra a sua pessoa, e as portas de Chicago estão abertas para você.

– Estou muito bem onde estou.

– Bem, eu lhe apontei uma direção, e você é muito malcriado em não se mostrar agradecido.

– Bem, acho que você tem boa vontade e lhe agradeço – disse McMurdo, de um modo pouco afável.

– De minha parte, fico calado, desde que você ande dentro da lei – disse o capitão. – Mas, pelo amor de Deus, se você sair da linha depois disso, será uma outra história! Então, boa noite, para você; boa noite, conselheiro.

Ele saiu do bar, mas não sem ter criado um herói local. As façanhas de McMurdo na longínqua Chicago já tinham sido comentadas antes. Ele desencorajava perguntas com um sorriso, como alguém que não quer ser enaltecido. Mas agora estava tudo confirmado oficialmente. Os frequentadores do bar se agruparam em volta dele e cumprimentaram-no com entusiasmo. Estava livre da comunidade a partir daquela hora. Em geral bebia muito sem demonstrar que estava bêbado, mas, naquela noite, se o seu companheiro Scanlan não estivesse ali para levá-lo para casa, o celebrado herói teria passado a noite debaixo do balcão.

Numa noite de sábado, McMurdo foi apresentado à loja. Achou que não haveria uma cerimônia, pois fora iniciado em Chicago; mas havia certos ritos especiais em Vermissa dos quais eles se orgulhavam, e todos os postulantes tinham de participar. O grupo se reuniu numa sala grande reservada para esse fim, no sindicato. Cerca de sessenta membros se reuniam em Vermissa; mas isso não representava, de modo algum, a força total da organização, pois havia muitas outras lojas no vale e outras espalhadas pelos lados das montanhas que trocavam seus membros quando havia algum negócio sério ocorrendo; assim, um crime poderia ser cometido por homens estranhos ao local. No total, não havia menos de quinhentas lojas espalhadas por toda a região de mineração.

Na simples sala de reuniões, os homens se juntavam em volta de uma mesa comprida. Ao lado, havia outra mesa com garrafas e copos, que alguns dos membros do grupo já cobiçavam. McGinty sentou-se à cabeceira, com um chapéu preto sem ponta sobre seu cabelo preto embaraçado e uma estola púrpura em volta do pescoço, de tal modo que parecia um padre presidindo um ritual satânico. À sua direita e esquerda sentaram-se os oficiais superiores da loja, e entre eles via-se o cruel e belo rosto de Ted Baldwin. Todos eles usavam uma espécie de estola ou medalhão como emblema de seu posto.

Em sua maioria, eram homens de idade madura; mas o resto do grupo consistia de jovens de dezoito a vinte e cinco anos, os agentes preparados e capazes que executavam as ordens dos mais velhos. Entre os homens mais velhos, havia vários cujas feições revelavam almas ferozes e espúrias; mas, olhando para os outros, era difícil acreditar que esses jovens ansiosos de boa aparência na verdade fizessem parte de uma perigosa gangue de assassinos cujas mentes eram tão moralmente perversas que se orgulhavam de sua competência nos negócios e olhavam com o mais profundo respeito para o homem que tinha a fama de fazer o que eles chamavam de “trabalho limpo”.

Para suas naturezas depravadas, era uma atitude corajosa e nobre oferecer-se para trabalhar contra homens que nunca os machucaram e que, em muitos casos, nunca tinham visto antes. Quando o crime era cometido, discutiam sobre quem teria de fato desferido o golpe fatal e divertiam-se relatando ao grupo sobre os gritos e as contorções do homem assassinado.

No princípio, haviam guardado um certo sigilo sobre seus trabalhos; mas, ao tempo desta narrativa, seu comportamento era extremamente público, pois os repetidos fracassos da lei tinham-lhes provado que, primeiro, ninguém ousaria testemunhar contra eles e, segundo, tinham um número ilimitado de testemunhas fiéis que poderiam chamar e um tesouro bem recheado de onde poderiam tirar fundos para contratar os melhores advogados da região. Durante os dez longos anos de infrações, não houve um só caso de condenação, e o único perigo que ameaçava os Scowrers eram as próprias vítimas que, embora em menor número e pegas de surpresa, deixavam às vezes suas marcas nos agressores.

McMurdo fora avisado de que alguma prova o aguardava, mas ninguém lhe disse no que consistiria. Foi levado para uma sala externa por dois irmãos solenes; através da divisória de madeira ouviu o murmúrio das muitas vozes ali reunidas. Uma ou duas vezes ouviu seu nome e sabia que estavam discutindo a sua candidatura. Depois chegou a sentinela da sociedade com uma faixa verde e dourada atravessada no peito.

– O grão-mestre ordena que ele seja amarrado, tenha os olhos vendados e entre – disse ele.

Os três tiraram o casaco dele, arregaçaram sua manga direita e, por fim, passaram uma corda nos braços, acima do cotovelo, bem apertada. Em seguida, colocaram um capuz preto grosso na sua cabeça e na parte superior de seu rosto, de modo que ele não pudesse ver nada. Então foi levado à sala de reuniões.

Estava escuro e opressivo sob aquele capuz. Ouviu os sussurros e murmúrios das pessoas à sua volta e depois a voz de McGinty, que soava insípida e distante para os seus ouvidos cobertos.

– John McMurdo – disse a voz –, você já é membro da Antiga Ordem dos Homens Livres?

Ele se inclinou para frente para confirmar.

– A sua loja é a de número 29, em Chicago?

Inclinou-se de novo.

– As noites escuras são desagradáveis – disse a voz.

– Sim, para estranhos viajarem – ele respondeu.

– As nuvens estão carregadas.

– Sim, uma tempestade se aproxima.

– Os irmãos estão satisfeitos? – perguntou o grão-mestre.

Houve um murmúrio geral de aprovação.

– Sabemos, irmão, pela sua marca e contrassenha que você é, de fato, um dos nossos – disse McGinty. – Queríamos que soubesse, no entanto, que neste condado e em outros condados desta região existem certos rituais e também certos deveres que precisam de homens bons. Está pronto para ser testado?

– Estou.

– Você é corajoso?

– Sou.

– Dê um passo à frente para prová-lo.

Quando essas palavras foram ditas, ele sentiu duas pontas agudas nos olhos, pressionando-os de tal forma que parecia não poder ir para frente sem correr o risco de perdê-los. Assim mesmo teve a coragem de dar um passo firme e, ao fazê-lo, a pressão desapareceu. Houve um leve sinal de aplauso.

– Ele é corajoso – disse a voz. – Você consegue suportar dor?

– Tanto quanto qualquer um – ele respondeu.

– Testem-no!

Fez o possível para não gritar, pois uma dor lancinante atravessou seu braço. Quase desmaiou devido ao choque súbito; mas mordeu os lábios e apertou as mãos para esconder a agonia.

– Posso aguentar mais do que isso – disse ele.

Dessa vez o aplauso foi geral. Nunca antes na loja houvera uma primeira apresentação melhor do que aquela. Recebeu tapinhas nas costas e o capuz foi retirado da sua cabeça. Ficou ali piscando e sorrindo ao ser cumprimentado pelos irmãos.

– Uma última coisa, irmão McMurdo – disse McGinty. – Você já fez o juramento de sigilo e fidelidade e sabe que o castigo pela quebra é a morte imediata e inevitável?

– Sei – disse McMurdo.

– E você aceita o comando do grão-mestre atual sob todas as circunstâncias?

– Aceito.

– Então, em nome da loja número 341, de Vermissa, eu lhe dou as boas-vindas a todos os privilégios e deliberações. Coloque a bebida na mesa, irmão Scanlan, e vamos beber ao nosso ilustre irmão.

Trouxeram o casaco de McMurdo; antes de vesti-lo, ele examinou seu braço direito, que ainda doía muito. Ali, na carne viva do antebraço, havia um círculo com um triângulo, profundo e vermelho, como o deixara o ferro incandescente. Uma ou duas pessoas próximas arregaçaram as mangas e mostraram suas marcas da loja.

– Todos nós passamos por isso – disse um deles –, mas nem todos foram tão corajosos quanto você.

– Ora! Não foi nada! – disse ele; mas ardia e doía do mesmo jeito.

Quando as bebidas foram servidas, depois da cerimônia de iniciação, os trabalhos da loja continuaram. McMurdo, acostumado apenas com o desempenho prosaico de Chicago, ouviu o que se seguiu com mais atenção e surpresa do que ousou demonstrar.

– O primeiro assunto da pauta – disse McGinty – é ler a seguinte carta de Windle, chefe da divisão da loja 249, do condado de Merton. Diz o seguinte:

"Prezados senhores:

Há um trabalho a ser feito em Andrew Rae, da Rae & Sturmash, proprietários de minas de carvão desta região. Os senhores hão de se lembrar de que sua loja nos deve uma retribuição pelo serviço dos dois irmãos no caso do patrulheiro no outono passado. Enviem dois homens bons, que serão recebidos pelo tesoureiro Higgins desta loja, cujo endereço conhecem. Ele dirá a eles quando e onde agir. Vosso irmão livre,

J. W. Windle, D.M.A.O.F."

– Windle não nos recusou quando precisamos de um ou dois homens dele, e não cabe a nós recusar nada a ele.

McGinty parou e olhou à sua volta com seus olhos sem brilho e malvados.

– Quem se habilita ao trabalho?

Vários jovens levantaram a mão. O grão-mestre olhou para eles com um sorriso de aprovação.

– Você, Tigre Cormac. Se fizer tão bem como na última vez, não haverá problema. E você aí, Wilson.

– Não tenho arma – disse o voluntário, um rapazinho ainda na adolescência.

– É sua primeira vez, não é? Bem, terá de sangrar algum dia. Será um bom começo para você. Quanto à arma, terá uma esperando por você lá, se não me engano. Se vocês se apresentarem na segunda-feira, dará tempo de sobra. Vocês serão muito bem recebidos na volta.

– Receberemos alguma recompensa desta vez? – perguntou Cormac, um jovem atarracado, mal-encarado, de rosto moreno, cuja fúria lhe valera o apelido de *Tigre.*

– Esqueça a recompensa. Isso se faz pela honra. Talvez quando terminar você encontre alguns dólares no fundo da caixa.

– O que o homem fez? – perguntou o jovem Wilson.

– Com toda certeza, não cabe a pessoas como você perguntar o que o homem fez. Ele foi julgado lá. Não é da nossa conta. Só temos de fazer por eles, como eles fariam por nós. Por falar nisso, dois irmãos da loja de Merton vão chegar na próxima semana para fazer um trabalho nesta área.

– Quem são eles? – perguntou alguém.

– Acredite, é melhor não perguntar. Se você não souber de nada, não poderá dar algum testemunho, e não criará problemas. Mas são homens que farão um trabalho limpo, quando chegar a hora.

– E na hora certa, também! – gritou Ted Baldwin. – Os sujeitos estão ficando ligeiros por aqui. Ainda na semana passada três dos nossos foram despedidos pelo capataz Blaker. Estamos devendo algo a ele há tempos, e ele vai receber tudo direitinho.

– Receber o quê? – McMurdo sussurrou ao homem do seu lado.

– O fim do caso com um cartucho de chumbo bem grosso! – gritou o homem, soltando uma gargalhada estrondosa. – O que acha dos nossos métodos, irmão?

A alma criminosa de McMurdo parecia ter absorvido o espírito da malévola associação da qual agora era membro.

– Gosto muito – disse ele. – É o lugar certo para um sujeito com brios.

Muitos dos que estavam sentados perto dele ouviram suas palavras e aplaudiram.

– O que é isso? – gritou o hirsuto grão-mestre, do outro lado da mesa.

– É nosso novo irmão, senhor, que aprecia os nossos métodos.

MacMurdo levantou-se por um instante.

– Eu gostaria de dizer, venerável grão-mestre, que, se precisar de um homem, seria uma honra ajudar a loja.

Foi muito aplaudido. Sentiram que um novo astro surgia no horizonte. Para alguns dos mais velhos parecia que seu progresso era rápido demais.

– Proponho – disse Harraway, o secretário, um velho de barba grisalha e rosto de abutre sentado perto do presidente – que o irmão McMurdo espere até que convenha à loja servir-se dele.

– Claro, foi isso que eu quis dizer; estou em suas mãos – disse McMurdo.

– Sua vez chegará, irmão – disse o presidente. – Reparamos que você é um homem disposto e acreditamos que fará um bom trabalho por aqui. Há um caso menor hoje à noite, do qual poderá participar, se quiser.

– Vou esperar por algo que valha a pena.

– De qualquer modo, pode vir hoje à noite. Isso o ajudará a saber quem somos nesta comunidade. Farei os avisos mais tarde. Enquanto isso – olhou para os seus apontamentos –, tenho ainda um ou dois assuntos a tratar nesta reunião. Em primeiro lugar, pedirei o nosso saldo bancário ao tesoureiro. Tem a pensão da viúva de Jim Carnaway. Ele foi morto enquanto trabalhava para a loja, e cabe a nós não deixar que ela seja prejudicada.

– Jim foi assassinado no mês passado, quando eles tentavam matar Chester Wilcox de Marley Creek – o homem ao lado de McMurdo lhe disse.

– Os fundos estão bem no momento – disse o tesoureiro, com a caderneta do banco diante dele. – As firmas têm sido generosas nos últimos tempos. A Max Linder & Co. pagou quinhentos para não ser incomodada. A Walker Brothers mandou cem, mas decidi devolver e pedir quinhentos. Se não tiver resposta até quarta-feira, o equipamento deles poderá ter problemas. A britadeira deles teve de ser quebrada no ano passado para que eles ficassem razoáveis. A West Section Coaling Company já pagou sua contribuição anual. Temos o suficiente para cumprir com nossas obrigações.

– E Archie Swindon? – perguntou um irmão.

– Vendeu tudo e saiu daqui. O desgraçado deixou um recado para nós dizendo que preferia ser um varredor de ruas livre em Nova York do que um proprietário de minas de carvão sob pressão de um bando de chantagistas. Puxa vida! Sorte dele que fugiu antes que o bilhete chegasse até nós! Acho que não vai mais dar as caras aqui no vale.

Um homem mais velho, barbeado, de bom aspecto e semblante afável levantou-se da cabeceira oposta à do presidente.

– Senhor tesoureiro – perguntou –, posso perguntar-lhe quem comprou a propriedade desse homem que expulsamos da região?

– Sim, irmão Morris. Foi comprada pela empresa ferroviária State & Merton County.

– E quem comprou as minas de carvão de Todman e de Lee que foram colocadas à venda do mesmo modo, no ano passado?

– A mesma companhia, irmão Morris.

– E quem comprou as oficinas metalúrgicas de Manson e de Shuman e de Van Deher e de Atwood, que foram recentemente abandonadas?

– Foram todas compradas pela companhia de mineração West Gilmerton.

– Não entendo, irmão Morris – disse o presidente –, qual é a importância para nós saber quem as comprou, visto não ser possível levá-las embora daqui.

– Com todo respeito, eminente grão-mestre, acho que importa muito. Esse processo vem acontecendo há mais de dez longos anos. Pouco a pouco estamos tirando todos os pequenos estabelecimentos do negócio. Qual é o resultado? Em seu lugar estão grandes companhias como as estradas de ferro ou a General Iron, que têm seus diretores em Nova York ou na Filadélfia e não se importam com nossas ameaças. Podemos tirar seus chefes locais, mas isso apenas significa que outros serão enviados. Está ficando perigoso para nós mesmos. Os pequenos negociantes não podiam nos prejudicar. Não tinham dinheiro e nem força. Enquanto não pressionássemos demais, eles podiam ficar sob nosso domínio. Mas se essas grandes companhias descobrirem que estamos entre elas e seus lucros, não pouparão esforços e nem despesas para nos perseguir e levar à justiça.

Seguiu-se um silêncio a essas palavras de mau agouro, e todos os rostos nublaram-se, enquanto trocavam olhares desanimados. Foram sempre tão onipotentes e inatingíveis que a simples ideia da possibilidade de uma punição havia sido banida de suas mentes. E, no entanto, tal pensamento provocou calafrios mesmo no mais despreocupado deles.

– Meu conselho é que – continuou o orador – sejamos mais brandos com os pequenos negociantes. No dia em que todos forem expulsos, a força desta sociedade será extinta.

Verdades indesejáveis não são bem recebidas. Houve gritos furiosos, quando o orador se sentou. McGinty levantou-se, com o desânimo estampado no rosto.

– Irmão Morris – disse ele –, você sempre foi uma pessoa de mau agouro. Enquanto os membros desta loja ficarem juntos, não há força nos Estados Unidos capaz de mexer conosco. Claro, já não demonstramos isso em vários processos na justiça? Acredito que as grandes companhias acharão mais fácil pagar do que combater, como fazem as pequenas. E agora, irmãos – McGinty tirou seu capuz de veludo preto e estola, enquanto falava –, esta loja terminou seus trabalhos, por esta noite, exceto por um assunto menos importante que será mencionado ao partirmos. Está na hora da fraternização com bebidas e harmonia.

A natureza humana é de fato estranha. Ali estavam aqueles homens, para quem um assassinato era uma coisa normal, que mataram pais de família, homens contra os quais não sentiam raiva, sem qualquer pensamento de remorso ou compaixão pelas viúvas e filhos desamparados; e, no entanto, a suavidade ou a comoção da música podia levá-los às lágrimas. McMurdo tinha uma bela voz de tenor e, se antes não tivesse sido possível contar com a boa vontade da loja, agora havia conseguido conquistá-la com *I'm Sitting on the Stile, Mary* e *On the Banks of Allan Water.*

Na sua primeira noite, o novato tornou-se um dos irmãos mais populares, marcado para ser promovido e ter boas funções. Todavia, eram necessárias outras qualidades, além de ser um bom camarada, para se tornar um ilustre Homem Livre, e ele teve um exemplo disso antes da noite acabar. A garrafa de uísque tinha dado várias voltas, e os homens estavam animados e prontos para brigar, quando mais uma vez o grão-mestre ficou de pé para falar com eles.

– Rapazes – disse ele –, há um homem nesta cidade que precisa de uma lição, e cabe a vocês providenciar isso.

Estou falando de James Stanger, do *Herald*. Viram que ele falou contra nós de novo?

Houve um murmúrio de concordância, com vários impropérios. McGinty pegou um pedaço de papel do bolso do seu colete.

– "Lei e Ordem!" é o título.

"Reinado de terror na zona do carvão e do ferro.

Passaram-se doze anos desde os primeiros assassinatos que revelaram a existência de uma organização criminosa em nosso meio. Desde aquele dia, as atrocidades nunca cessaram e agora chegaram a ponto que nos tornamos um ultraje ao mundo civilizado. Foi para isso que o nosso grande país acolheu os estrangeiros que fugiram dos despotismos da Europa? Para que eles se tornassem os tiranos dos homens que os abrigaram, e para que um estado de terrorismo e ilegalidade fosse constituído, sob a sombra sagrada da estrelada Bandeira da Liberdade, que nos suscitaria terror, se soubéssemos de sua existência na monarquia mais decadente do Oriente? Os homens são conhecidos. A organização é visível e pública. Por quanto tempo ainda teremos de suportá-la? Poderemos viver para sempre..."

– Chega, já li o bastante deste lixo! – gritou o presidente, atirando o jornal sobre a mesa. – É isto o que ele diz sobre nós. A questão que lhes coloco é: o que nós vamos dizer a ele?

– Matá-lo! – gritaram uma dezena de vozes arrebatadas.

– Eu protesto contra isso – disse o irmão Morris, o homem barbeado e de bom aspecto. – Eu lhes digo, irmãos, que a nossa mão é tão pesada neste vale que chegará o momento em que, para se defender, todos os homens irão se juntar para acabar conosco. James Stanger é um homem velho. É respeitado na cidade e na região. Seu jornal representa o que há de mais sólido no vale. Se for assassinado, haverá uma tal revolta neste lugar que levará à nossa destruição.

– E como fariam para nos destruir, sr. Contido? – gritou McGinty. – Com a polícia? Claro, metade está na nossa folha de pagamento, e a outra metade tem medo de nós. Ou com os tribunais e juízes? Já não tentaram antes, e qual foi o resultado?

– Pode ser que o juiz Lynch julgue o caso – disse o irmão Morris.

Uma exclamação geral de raiva seguiu-se a essa sugestão.

– Basta eu levantar um dedo – gritou McGinty –, e teria duzentos homens entrando nesta cidade para limpá-la de ponta a ponta – e, em seguida, levantou de súbito o tom de sua voz e franziu as enormes sobrancelhas negras. – Escute aqui, irmão Morris, estou de olho em você há muito tempo! Você não é corajoso e procura demover a coragem dos outros. Será muito ruim para você, irmão Morris, o dia em que seu próprio nome estiver na nossa agenda, e estou achando que é ali que devo colocá-lo.

Morris ficou mortalmente lívido, seus joelhos começaram a fraquejar, e ele caiu na cadeira. Levantou o copo com a mão trêmula e bebeu antes de responder.

– Peço desculpas, eminente grão-mestre, ao senhor e a todos irmãos desta loja, se falei mais do que devia; sou um membro leal (todos sabem disso) e é o receio de que alguma coisa ruim aconteça à loja que me faz dizer palavras aflitas. Mas tenho mais confiança no seu julgamento do que no meu, eminente grão-mestre, e prometo que não o ofenderei de novo.

O rosto severo do grão-mestre desanuviou-se ao ouvir essas palavras humildes.

– Muito bem, irmão Morris. Eu lamentaria muito se tivesse de lhe dar uma lição. Mas enquanto eu estiver na presidência, seremos uma loja unida nas palavras e nas ações. E agora, rapazes – ele continuou, olhando para o grupo –, digo-lhes uma coisa: se Stanger receber tudo o que merece, teremos mais confusão do que precisamos. Os editores são unidos e todos os jornais do estado chamariam a polícia e os militares. Mas acho que ele pode receber uma repreensão bem dura. Você pode cuidar disso, irmão Baldwin?

– Claro! – disse o jovem, ansioso.

– De quantos vai precisar?

– De meia dúzia, e mais dois para cuidar da porta. Você, Gower, e você, Mansel, e você, Scanlan, e os dois Willabys.

– Prometi ao novo irmão que ele participaria – disse o presidente.

Ted Baldwin olhou para McMurdo com um olhar que demonstrava que não o tinha esquecido, nem perdoado.

– Bem, ele pode vir, se quiser – disse, com uma voz mal-humorada. – Chega. Quanto antes o serviço for feito, melhor.

A reunião acabou entre gritos, berros e cantos de bebedeira. O bar ainda estava cheio de beberrões, e vários irmãos ficaram por ali. O pequeno grupo chamado ao dever foi para a rua, andando na calçada em grupos de dois ou três, para não chamar atenção. Era uma noite muito fria, com a meia-lua luminosa cintilando no gélido céu estrelado. Os homens pararam e juntaram-se num pátio em frente a um edifício alto. As palavras "Vermissa Herald", em letras douradas, brilhavam entre as janelas iluminadas. Do seu interior, ouvia-se o barulho da prensa.

– Aqui, você – disse Baldwin para McMurdo –, fique aqui embaixo, à porta, e cuide para que o caminho fique livre para nós. Arthur Willaby pode ficar com você. Os outros vêm comigo. Não tenham medo, rapazes, temos uma dezena de testemunhas de que estamos no bar do sindicato neste exato momento.

Era quase meia-noite e a rua estava deserta, exceto por um ou dois beberrões indo para casa. O bando atravessou a rua e, abrindo a porta do escritório do jornal, Baldwin e seus homens entraram depressa e subiram a escada que havia em frente a eles. McMurdo e o outro ficaram embaixo. Da sala no andar de cima, ouviram-se um grito, um pedido de socorro e, em seguida, o barulho de passos pesados e cadeiras caindo. Um instante depois, um homem grisalho saiu correndo no térreo.

Mas ele foi agarrado antes de poder continuar, e seus óculos, tilintando, caíram bem aos pés de McMurdo. Ouviu-se um golpe e um gemido. Caiu de bruços, e meia dúzia de varas retiniram quando eles o atacaram. Ele se contorceu, e seus longos e finos membros estremeciam com os socos. Os outros pararam, por fim, mas Baldwin, com um sorriso diabólico no rosto cruel, golpeava a cabeça do homem, que em vão tentava se defender com os braços. Seu cabelo branco estava molhado com manchas de sangue. Baldwin ainda estava debruçado sobre sua vítima, dando-lhe socos curtos e maldosos onde visse uma parte exposta, quando McMurdo subiu a escada correndo e puxou-o para trás.

– Você vai matar o homem – disse ele. – Pare!

Baldwin olhou para ele, perplexo.

– Maldito seja! – ele gritou. – Quem você pensa que é para se meter... você, um novato na loja? Saia já daqui! – Ele levantou a vara, mas McMurdo sacou uma arma do bolso.

– Saia você! – ele gritou. – Estouro seus miolos se você puser um dedo em mim. Quanto à loja, não foi ordem do grão-mestre matar o homem... então o que você está fazendo? Matando o velho?

– Ele diz a verdade – observou um deles.

– Puxa vida! É melhor vocês se apressarem! – gritou o homem, embaixo. – As janelas estão ficando iluminadas e a cidade inteira estará aqui dentro de cinco minutos.

De fato, ouviu-se o barulho de gritos na rua, e um pequeno grupo de tipógrafos e impressores juntou-se no saguão para entrar em ação. Deixando o corpo prostrado e imóvel do editor no topo da escada, os criminosos desceram correndo e fugiram depressa pela rua. Ao chegarem ao sindicato, alguns deles se misturaram com as inúmeras pessoas do bar de McGinty, sussurrando através do balcão para o chefe que o serviço tinha sido feito. Outros, entre eles McMurdo, pegaram ruas laterais e caminhos tortuosos para ir para casa.

Capítulo 4

O Vale do Terror

Quando McMurdo acordou na manhã seguinte, tinha bons motivos para se lembrar da sua iniciação na loja. A cabeça doía-lhe por causa da bebida, e seu braço, no lugar em que fora marcado, estava quente e inchado. Como tinha sua própria fonte de renda, sua presença no trabalho era irregular; por isso tomou café mais tarde e ficou em casa pela manhã escrevendo uma longa carta a um amigo. Depois leu o *Daily Herald*. Numa coluna especial, incluída no último instante, leu:

"Atrocidades na redação do *Herald* – Editor gravemente ferido"

Era um relato curto dos fatos que ele conhecia melhor do que o redator. Terminava com a declaração:

"O assunto agora está nas mãos da polícia; mas não se pode esperar que seus esforços obtenham resultados melhores do que no passado. Alguns homens foram reconhecidos e espera-se que sejam condenados. A causadora das atrocidades, como não é preciso dizer, é a abominável sociedade que mantém essa comunidade subjugada há tanto tempo e contra a qual o *Herald* tem se mostrado intransigente. Os muitos amigos do sr. Stranger ficarão contentes em saber que ele, embora tenha sido cruel e brutalmente surrado e tenha graves ferimentos na cabeça, não corre perigo de vida."

Além disso, informava que a guarda da polícia, armada com rifles Winchester, tinha sido requisitada para a defesa da redação.

McMurdo pôs o jornal de lado e estava acendendo o cachimbo com a mão trêmula, devido aos excessos da noite anterior, quando ouviu batidas na porta. Em seguida a estalajadeira lhe entregou um bilhete que acabara de chegar por um mensageiro. Não estava assinado e dizia o seguinte:

"Gostaria de falar com você, mas acho melhor que não seja em sua casa. Encontre-me ao lado do mastro da bandeira de Miller Hill. Se vier agora, tenho algo importante para lhe dizer."

McMurdo leu o bilhete duas vezes, verdadeiramente surpreso, pois não fazia ideia do que se tratava e nem de quem era o autor. Se fosse uma caligrafia feminina, teria pensado tratar-se do começo de uma das aventuras tão bem conhecidas na sua vida pregressa. Mas era a escrita de um homem, que, além disso, era instruído. Por fim, depois de hesitar um pouco, decidiu examinar o assunto.

Miller Hill é um parque público em mau estado de conservação, no centro da cidade. No verão é o local predileto das pessoas, mas no inverno é bem desolado. Do alto do parque pode-se ver não apenas a cidade com as casas espalhadas e cheias de fuligem, como também o vale sinuoso embaixo, com suas minas e fábricas escurecendo a neve dos dois lados e as montanhas cobertas de bosques e de neve à sua volta.

McMurdo subiu pelo caminho sinuoso, cercado de sempre-vivas, até chegar ao restaurante deserto que é o centro da recreação do verão. Ao seu lado estava o mastro da bandeira e sob ele um homem, com o chapéu apontado para baixo e o colarinho do casaco levantado. Ao virar o rosto, McMurdo viu que era o irmão Morris, aquele que provocara a raiva do grão-mestre na noite anterior. Fizeram o sinal da loja, ao se encontrarem.

– Queria falar com o senhor, McMurdo – disse o velho, falando com uma hesitação que revelava que era um assunto delicado. – Foi gentileza sua vir até aqui.

– Por que não colocou seu nome no bilhete?

– É preciso ser cuidadoso, rapaz. Nunca se sabe, nos dias de hoje, o que pode nos acontecer. Não se sabe em quem confiar ou não.

– Com toda certeza pode-se confiar nos irmãos da loja.

– Não, não, nem sempre – gritou Morris, com veemência. – O que dizemos, e mesmo o que pensamos, parece sempre chegar até o tal McGinty.

– Olhe aqui! – disse McMurdo, sério. – Foi apenas ontem à noite, e o senhor sabe muito bem, que jurei fidelidade ao nosso grão-mestre. Está me pedindo para quebrar meu juramento?

– Se é assim que o senhor vê as coisas – disse Morris, triste –, só posso dizer que lamento ter lhe dado o trabalho de vir até aqui me encontrar. As coisas ficam complicadas quando dois cidadãos livres não podem falar o que pensam.

McMurdo, que observara seu companheiro atentamente, relaxou um pouco com essa atitude.

– Claro, falo por mim – disse ele. – Sou novo por aqui, como sabe, e não conheço nada. Não sou eu quem vai abrir a boca, sr. Morris, mas se o senhor quiser me contar alguma coisa, estou aqui para ouvi-lo.

– E levar até o chefe McGinty! – disse Morris, em tom áspero.

– Na verdade, o senhor está sendo injusto comigo agora – gritou McMurdo. – De minha parte, sou fiel à loja, e digo-lhe isso de antemão; mas seria uma criatura lastimável se repetisse a alguém aquilo que o senhor me contar em segredo. Fica entre nós, embora eu tenha de avisá-lo de que talvez não possa contar com minha ajuda ou compreensão.

– Já desisti de procurar uma ou outra – disse Morris. – Posso estar colocando minha vida em suas mãos pelo que vou dizer; mas, por pior que o senhor seja... e me pareceu ontem à noite que o senhor está ficando tão mau quanto o pior deles... o senhor ainda é novo e sua consciência não pode estar tão endurecida quanto as deles. Por isso pensei em falar com o senhor.

– Bem, o que tem a dizer?

– Se o senhor me entregar, que seja amaldiçoado!

– Ora, já lhe disse que não o farei.

– Queria saber, então, quando o senhor se juntou à sociedade em Chicago e fez votos de caridade e fidelidade, se jamais lhe ocorreu que isso o levaria ao crime?

– Se chama isso de crime – McMurdo respondeu.

– Chamar isso de crime! – gritou Morris, com a voz vibrando de emoção. – O senhor viu pouco, se chama isso por outro nome. Não foi um crime ontem à noite quando um velho, que podia ser seu pai, levou uma surra que fez o sangue escorrer nos seus cabelos brancos? Foi um crime... ou que outro nome daria a isso?

– Alguns diriam que foi uma guerra – disse McMurdo –, uma luta de classes, de modo que cada qual lutou o melhor que pôde.

– Bem, o senhor achava isso quando se juntou à sociedade dos Homens Livres de Chicago?

– Não, devo dizer que não.

– Nem eu, quando me filiei na Filadélfia. Era apenas um clube de caridade e um local de encontro com os colegas. Ouvi então falar deste lugar (maldita hora em que esse nome chegou aos meus ouvidos!), e vim para cá para me aperfeiçoar! Meu Deus! Para me aperfeiçoar! Minha esposa e três filhos vieram comigo. Abri uma loja de armarinho na praça do Mercado, e meus negócios iam bem. A notícia de que eu era um Homem Livre se espalhou, e fui forçado a me filiar à loja local, da mesma forma como aconteceu com você ontem à noite. Estou com o emblema da vergonha marcado no braço e algo pior em meu coração. Descobri que estou sob as ordens de um vilão negro e enredado nas malhas do crime. O que poderia fazer? Cada palavra que eu dizia para melhorar as coisas era entendida como traição, como ontem à noite. Não posso ir embora, pois tudo o que tenho na vida está em minha loja. Se sair da sociedade, sei bem que serei assassinado, e só Deus sabe o que será de minha esposa e filhos. Oh, rapaz, é terrível... terrível! – ele colocou as mãos no rosto e seu corpo foi sacudido por soluços convulsivos.

McMurdo encolheu os ombros.

– O senhor é fraco demais para o serviço – disse ele. – O senhor é a pessoa errada para esse trabalho.

– Eu tinha consciência e religião, mas eles fizeram de mim um criminoso. Fui escolhido para um serviço. Se eu vacilasse, sabia que eles me pegariam. Talvez eu seja um covarde. Talvez seja a preocupação com minha esposa e filhos que me torne um. Mas eu fui. Acho que isso vai me perseguir até o fim da vida. Era uma casa isolada, a vinte milhas daqui, depois da cordilheira. Fiquei do lado de fora, como você ontem à noite. Não confiaram o trabalho a mim. Os outros entraram. Quando saíram, suas mãos estavam vermelhas até os pulsos. Enquanto íamos embora, uma criança chorando saiu da casa, atrás de nós. Era um menino de cinco anos, que tinha visto o pai ser assassinado. Quase desmaiei de tanto horror, mas tive de mostrar um rosto valente e sorridente, pois sabia que, se não o fizesse, seria da minha casa que eles iriam embora com as mãos sangrentas, e seria o meu pequeno Freddy a chorar por seu pai. Mas eu já era um criminoso, tomara parte num assassinato, estava perdido para sempre neste mundo e também no próximo. Sou católico fervoroso, mas o padre não quis mais falar comigo quando soube que eu era um Scowrer, e fui excomungado da minha fé. É nesse ponto que estou. E vejo o senhor seguir o mesmo caminho, e lhe pergunto qual será o fim. O senhor também está preparado para ser um assassino a sangue frio, ou podemos fazer alguma coisa para interromper isso?

– O que o senhor faria? – perguntou McMurdo, de súbito. – Não denunciaria?

– Deus me livre! – gritou Morris. – Com toda certeza, a simples ideia me custaria a vida.

– Ainda bem! – disse McMurdo. – Acho que o senhor é um homem fraco e que está exagerando.

– Exagerando! Espere até que tenha vivido mais tempo por aqui. Olhe para o vale! Veja a nuvem das centenas de chaminés que o escurecem! Digo-lhe que a nuvem dos assassinatos é mais densa e está mais próxima das cabeças das pessoas. Aqui é o Vale do Terror, o Vale da Morte. O terror reina no coração das pessoas do anoitecer até o raiar do dia. Espere, rapaz, e verá por si.

– Bem, o senhor saberá o que penso, quando eu tiver visto mais coisas – disse McMurdo, sem se preocupar. – O que está muito claro é que o senhor não está no lugar certo e quanto antes vender tudo (mesmo que receba pouco por seu negócio), melhor. Quanto ao que me contou, pode ficar tranquilo; mas, puxa vida! Se eu descobrir que é um informante...

– Não, não! – gritou Morris, suplicando.

– Bem, vamos deixar assim. Terei em mente o que o senhor me disse e talvez um dia voltemos a falar nisso. Acho que o senhor teve boa intenção ao falar desse modo. Agora vou para casa.

– Mais uma palavra, antes que se vá – disse Morris. – Pode ser que tenhamos sido vistos juntos. Vão querer saber sobre o que falamos.

– Ah! Bem pensado!

– Eu lhe ofereci um emprego na minha loja.

– E eu recusei. Isso é da nossa conta. Bem, até logo, irmão Morris, que as coisas sejam melhores para o senhor no futuro.

Naquela mesma tarde, enquanto McMurdo fumava, perdido em seus pensamentos, sentado ao lado da lareira na sala de estar, a porta se abriu e na soleira surgiu o enorme corpo do chefe McGinty. Ele fez o sinal e, sentando-se em frente ao jovem, olhou fixamente para ele por algum tempo, olhar respondido com a mesma rigidez.

– Não gosto muito de fazer visitas, irmão McMurdo – disse, afinal. – Acho que estou sempre muito ocupado com as visitas que recebo. Mas resolvi abrir uma exceção e vir vê-lo em sua casa.

– Muito me orgulho de tê-lo aqui, conselheiro – McMurdo retrucou, com sinceridade, tirando uma garrafa de uísque do armário. – É uma honra pela qual eu não esperava.

– Como está o braço? – perguntou o chefe.

McMurdo retorceu o rosto.

– Bem, não dá para esquecer – ele disse –, mas vale a pena.

– Sim, vale a pena – o outro respondeu – para aqueles que são leais e passam por isso e ajudam a loja. Sobre o que conversou com o irmão Morris, em Miller Hill, hoje de manhã?

A pergunta foi tão repentina que foi uma sorte que tinha a resposta pronta. Soltou uma gargalhada.

– Morris não sabia que ganho a vida aqui em casa. Também não vai saber, pois tem muitos escrúpulos para meu gosto. Mas é um bom sujeito. Ele achou que eu estava em dificuldades e me ofereceu um emprego na loja de armarinho.

– Ah, era isso?

– Sim, era isso.

– E você recusou?

– Claro. Não ganho dez vezes mais no meu quarto com quatro horas de trabalho?

– Isso mesmo. Mas eu não andaria com Morris.

– Por que não?

– Bem, acho que é porque estou mandando. Isso basta para a maioria das pessoas por aqui.

– Pode ser suficiente para a maioria, mas não para mim, conselheiro – disse McMurdo, com ousadia. – Se o senhor é um bom conhecedor de pessoas, sabe disso.

O gigante moreno olhou para ele e sua mão peluda se fechou por um instante em torno da garrafa, como se fosse atirá-la na cabeça do companheiro. Depois riu do seu jeito espalhafatoso, violento e falso.

– Você é mesmo um sujeito esquisito – disse ele. – Bem, se quer motivos, eu direi. O Morris falou alguma coisa contra a loja para você?

– Não.

– Contra mim?

– Não.

– Bem, isso porque ele não teve coragem de confiar em você. Mas ele não é um irmão leal. Sabemos disso. Por isso o observamos e estamos esperando por uma ocasião para lhe dar uma lição. Acho que já está chegando a hora. Não há lugar para ovelhas sarnentas em nosso rebanho. Mas se você anda com um homem desleal, achamos que você também é desleal. Entendeu?

– Não há nenhuma chance de eu andar com ele, porque não gosto daquele sujeito – McMurdo respondeu. – Quanto a eu ser desleal, se fosse qualquer outro homem que não o senhor, ele não usaria essa palavra uma segunda vez.

– Bem, já chega – disse McGinty, esvaziando o copo. – Vim até aqui para falar com você enquanto é tempo, e falei.

– Gostaria de saber – disse McMurdo – como o senhor ficou sabendo que eu falei com Morris.

McGinty riu.

– Meu trabalho é saber o que acontece nesta cidade – disse ele. – Acho que é bom que você saiba que sei tudo o que se passa. Bem, está na hora, e só quero dizer que...

Mas sua partida foi interrompida de modo inesperado. Com um barulho súbito a porta se abriu e três rostos atentos e carrancudos olharam para eles sob os chapéus da polícia. McMurdo ficou de pé e pôs a mão no revólver, mas seu braço parou no meio quando percebeu que dois rifles Winchester estavam apontados para sua cabeça. Um homem de uniforme entrou na sala, com uma arma de seis balas na mão. Era o capitão Marvin, que fora de Chicago e agora era da polícia das minas. Sacudiu a cabeça, esboçando um sorriso para McMurdo.

– Eu sabia que você se meteria em encrencas, sr. Trapaceiro McMurdo de Chicago – disse ele. – Não consegue se manter afastado, não é? Tire o chapéu e venha conosco.

– O senhor vai pagar por isso, capitão Marvin – disse McGinty. – Quem pensa que é, gostaria de saber, para entrar desse jeito na casa de alguém e incomodar homens honestos e cumpridores da lei?

– O senhor está fora disso, conselheiro McGinty – disse o capitão da polícia. – Não estamos atrás do senhor, mas deste homem aqui, McMurdo. O senhor deve nos ajudar e não atrapalhar nosso dever.

– Ele é meu amigo e sou responsável por sua conduta – disse o chefe.

– Pelo que se diz, sr. McGinty, o senhor terá que se responsabilizar por sua própria conduta um dia desses – o capitão respondeu. – Este sujeito, McMurdo, era um trapaceiro antes de vir para cá e continua sendo. Cubra-o, patrulheiro, enquanto eu o desarmo.

– Aqui está a minha arma – disse McMurdo, indiferente. –Talvez, capitão Marvin, se você e eu estivéssemos sozinhos, cara a cara, não fosse tão fácil me pegar.

– Onde está o mandado de prisão? – perguntou McGinty. – Puxa vida! Tanto faz viver na Rússia ou em Vermissa, enquanto tipos como você estiverem na polícia. É um ultraje capitalista, e não vai ficar assim, garanto.

– Faça o seu dever do melhor jeito, conselheiro. Nós cuidamos do nosso.

– De que sou acusado? – perguntou McMurdo.

– De estar envolvido na agressão ao velho editor Stanger, na redação do *Herald*. Não é sua culpa que não se trata de uma acusação de assassinato.

– Bem, se isso é tudo o que têm contra ele – gritou McGinty, com uma gargalhada –, podem economizar trabalho e parar por aqui. Este homem estava comigo no bar, jogando pôquer, até meia-noite, e posso trazer uma dúzia de pessoas para provar.

– Isso é com você, e acho que poderá dizer isso amanhã no tribunal. Por enquanto, venha, McMurdo, e venha em silêncio, se não quiser ter uma arma atravessada no meio da testa. Afaste-se, sr. McGinty, pois aviso-lhe que não tolero resistência quando estou em serviço!

O aspecto do capitão era tão determinado que tanto McMurdo quanto seu chefe foram forçados a aceitar a situação. O chefe conseguiu sussurrar algumas palavras ao prisioneiro antes que fossem embora.

– E quanto à... – levantou o polegar, referindo-se à máquina de falsificações.

– Tudo bem – sussurrou McMurdo, que tinha preparado um esconderijo seguro sob o assoalho.

– Vou me despedir de você – disse o chefe, apertando-lhe a mão. – Vou procurar Reilly, o advogado, para cuidar da defesa. Pode confiar que eles não vão conseguir mantê-lo preso.

– Eu não teria tanta certeza. Vigiem o prisioneiro, vocês dois, e atirem nele se tentar alguma coisa. Vou fazer uma busca na casa antes de ir embora.

Foi isso que ele fez, mas aparentemente não encontrou nem sinal da máquina escondida. Depois de sair, junto com os policiais, escoltou McMurdo até a central. Anoiteceu e caiu uma forte tempestade de neve, de modo que as ruas estavam quase desertas, mas alguns desocupados seguiam o grupo e, encorajados pela invisibilidade, gritavam impropérios ao prisioneiro.

– Linchem o maldito Scowrer! – gritavam. – Linchem-no!

Riam e zombavam, enquanto ele era levado para o distrito policial. Depois de um breve exame formal do inspetor de plantão, ele foi levado a uma cela comum. Ali encontrou Baldwin e três outros criminosos da noite anterior, todos presos naquela tarde e esperando julgamento no dia seguinte.

Mas mesmo no interior dessa fortaleza da lei, o longo braço dos Homens Livres se fez presente. Tarde da noite chegou um carcereiro com várias esteiras para dormir, de onde tirou duas garrafas de uísque, alguns copos e um baralho. Passaram uma noite divertida, sem se preocupar com o julgamento do dia seguinte.

Nem havia necessidade disso, como o resultado demonstraria. O juiz não poderia, diante dos testemunhos, enviar o caso para uma instância superior. Por um lado, os linotipistas e impressores foram forçados a admitir que a iluminação não era suficiente, que estavam muito perturbados e que era difícil jurar quem eram os culpados, embora acreditassem que os acusados estivessem entre eles. Interrogados em detalhes por um advogado esperto contratado por McGinty, deram um testemunho ainda mais atrapalhado.

A vítima já tinha dado seu depoimento, dizendo que fora pego tão de surpresa, pela rapidez do ataque, que não podia dizer nada, a não ser que o primeiro homem que o atingira tinha bigode. Acrescentou que sabia que eram os Scowrers, já que ninguém mais naquela comunidade poderia ser seu inimigo, e que já fora ameaçado há muito tempo em decorrência de seus editoriais. Por outro lado, foi claramente demonstrado pelo testemunho unânime e sem erros de seis cidadãos, inclusive de um alto funcionário municipal, o conselheiro McGinty, que os homens estiveram jogando cartas no sindicato até horas depois de ocorrida a agressão.

Desnecessário dizer que foram liberados quase com pedidos de desculpas dos juízes pelas inconveniências sofridas, somados a uma crítica subentendida ao capitão Marvin e à polícia por seus excessos.

O veredito foi recebido com os fortes aplausos de uma audiência na qual McMurdo viu vários rostos conhecidos. Os irmãos da loja sorriam e acenavam. Mas havia outros sentados com os lábios cerrados e olhar preocupado, enquanto os homens saíam do banco dos réus. Um deles, um sujeito baixo, decidido, de barba escura, expressou em palavras seus pensamentos e os de seus colegas, quando os ex-prisioneiros passaram por ele.

– Malditos assassinos! – ele disse. – Ainda vamos dar um jeito em vocês!

Capítulo 5

A hora mais sombria

Se fosse necessário algo para aumentar a popularidade de Jack McMurdo entre seus companheiros, sua prisão e absolvição teriam sido suficientes. Um homem que, na mesma noite em que se filiou à loja, fez algo que o levou diante de um juiz era um novo recorde nos anais da sociedade. Já tinha conquistado a fama de ser um bom companheiro, um festeiro divertido e, ao mesmo tempo, de ter um gênio terrível que não aceitava insultos nem mesmo do respeitado chefe. Mas além disso ele impressionava seus colegas com a ideia de que não havia entre eles cérebro algum tão pronto para imaginar um plano sanguinário, e nem mãos tão capazes de realizá-lo.

– Ele é o rapaz do serviço limpo – diziam os mais velhos, uns aos outros, enquanto esperavam a hora certa para lhe dar um serviço.

McGinty já tinha bastantes instrumentos à disposição, mas reconhecia ser este de uma capacidade extraordinária. Sentia-se como um homem que tem um cão de caça feroz na coleira. Tinha vira-latas para serviços menores, mas um dia ele atiraria essa fera sobre sua presa. Uns poucos membros da loja, entre eles Ted Baldwin, ressentiam-se da rápida ascensão do forasteiro e odiavam-no por isso, mas mantinham-se afastados dele, pois ele estava sempre tão pronto para lutar quanto para rir.

No entanto, se contava com a estima dos seus colegas, havia um outro lugar, um que se tornara vital para ele, onde a perdera. O pai de Ettie Shafter não queria mais saber dele e nem permitia que entrasse em sua casa. Quanto a Ettie, estava apaixonada demais para desistir, mas seu bom senso lhe advertia sobre o que esperar de um casamento com um homem considerado um criminoso.

Certa manhã, depois de uma noite sem dormir, estava determinada a vê-lo, talvez pela última vez, e fazer um esforço para afastá-lo das más influências que estavam acabando com ele. Foi à casa dele, como inúmeras vezes ele havia pedido, e foi direto para o aposento que usava para receber visitas. Ele estava sentado à mesa, de costas, com uma carta diante de si. Um súbito capricho infantil tomou conta dela – afinal, só tinha dezenove anos. Ele não ouvira nada quando ela abriu a porta. Ela se aproximou na ponta dos pés e colocou sua mão de leve sobre os ombros curvados dele.

Se ela esperava assustá-lo, é certo que conseguiu, mas também ficou assustada. Ele se virou para ela como uma onça, sua mão direita agarrou-lhe o pescoço. No mesmo instante, com a outra mão, amassou o papel que estava diante dele. Ficou olhando por uns instantes. O assombro e a alegria ocuparam o lugar da ferocidade que tinha contorcido suas feições... uma ferocidade tal que a fez recuar de medo, como se fosse de alguma coisa que jamais tivesse visto na sua vida tranquila.

– É você! – disse ele, secando o rosto. – E pensar que você veio me ver, minha amada, e eu não achei nada melhor para fazer do que quase estrangulá-la! Venha, querida – e ele estendeu os braços –, deixe-me reparar meu erro.

Mas ela ainda não se refizera do súbito olhar de medo culpado que vira no rosto do homem. Seu instinto de mulher dizia que não era apenas medo de alguém que está assustado. Culpa – era isso – culpa e medo!

– O que aconteceu com você, Jack? – ela exclamou. – Por que sentiu tanto medo de mim? Oh, Jack, se tivesse a consciência em paz, não teria olhado para mim daquela maneira!

– Claro, eu estava pensando em outra coisa, e quando você entrou andando tão de mansinho com seus lindos pezinhos...

– Não, não, Jack, foi mais do que isso – uma súbita suspeita tomou conta dela. – Deixe-me ver a carta que você estava escrevendo.

– Ah, Ettie, não posso.

A suspeita dela tornou-se uma certeza.

– É para outra mulher – ela gritou. – Eu sei! Por que então você não me deixaria ver? Estava escrevendo para sua mulher? Como posso saber se você não é um homem casado... você, um forasteiro que ninguém conhece?

– Não sou casado, Ettie. Veja, eu juro! Você é a única mulher no mundo para mim. Juro, em nome de Cristo!

Ele estava tão lívido, com ares tão apaixonados, que ela não pôde fazer outra coisa senão acreditar.

– Bem, então – ela gritou –, por que não me mostra a carta?

– Vou lhe dizer, meu amor – disse ele. – Jurei não mostrá-la, e assim como não faltaria com minha palavra com você, também não o faria com aqueles a quem fiz a promessa. É um assunto da loja que, mesmo para você, é secreto. Será que não entende que quando senti medo de sua mão sobre mim, achei que pudesse ser a mão de um detetive?

Ela achou que ele dizia a verdade. Ele pegou-a nos braços e beijou-a, afastando seus medos e dúvidas.

– Sente-se aqui do meu lado, então. É um trono estranho para uma rainha, mas é o melhor que seu pobre amado conseguiu encontrar. Ele lhe oferecerá um melhor em breve. Agora você está mais tranquila, não é?

– Como posso estar tranquila, Jack, sabendo que você é um criminoso, que vive entre criminosos, quando a qualquer momento posso ficar sabendo que você está no tribunal, sendo acusado de assassinato? *McMurdo, o Scowrer* é como os nossos hóspedes lhe chamaram ontem. Cortou meu coração como uma faca.

– Claro, palavras duras não quebram os ossos.

– Mas eram verdadeiras.

– Bem, querida, não é tão ruim quanto você pensa. Somos apenas pobres sujeitos tentando acertar as coisas do nosso jeito.

Ettie colocou seus braços em volta do pescoço dele.

– Desista, Jack! Faça-o por mim, pelo amor de Deus, desista! Foi para te pedir isso que vim aqui hoje. Oh, Jack, veja... eu imploro de joelhos! Ajoelhada diante de você eu suplico para que você desista!

Ele a levantou e a acalmou, com a cabeça dela reclinada em seu peito.

– Claro, minha querida, você não sabe o que me pede. Como poderia desistir, quando isso significaria quebrar meu juramento e abandonar meus companheiros? Se você pudesse saber como são as coisas, você jamais me pediria isso. Além do mais, mesmo que eu quisesse, como poderia? Você não acha que a loja deixaria um homem ir embora com todos os segredos?

– Já pensei nisso, Jack. Já planejei tudo. Meu pai economizou algum dinheiro. Ele está cansado deste lugar, onde o medo entristece as nossas vidas. Ele está pronto para ir embora. Poderíamos fugir juntos para a Filadélfia ou para Nova York, onde estaríamos a salvo deles.

McMurdo riu.

– A loja tem os braços compridos. Você não acha que eles não os estenderiam até a Filadélfia ou Nova York?

– Bem, então vamos para o oeste, ou para a Inglaterra, ou para a Alemanha, terra do meu pai... qualquer lugar, para longe deste Vale do Terror!

McMurdo lembrou-se do velho irmão Morris.

– É a segunda vez que escuto o vale ser chamado por esse nome – disse ele. – A sombra parece ser opressiva para alguns de vocês.

– Oprime-nos o tempo todo de nossas vidas. Você acha que Ted Baldwin nos perdoou? Se ele não tivesse medo de você, acha que teríamos alguma chance? Se você visse o olhar dele, com aqueles olhos escuros e famintos, quando me vê!

– Puxa! Eu lhe ensinaria a se comportar melhor, se visse isso! Mas, veja bem, mocinha. Eu não posso ir embora. Não posso... entenda isso, de uma vez por todas. Mas se deixar que eu faça as coisas do meu jeito, tentarei encontrar um modo de sair dessa com honra.

– Não existe honra num assunto desses.

– Bem, é o seu jeito de ver as coisas. Mas se você me der seis meses, agirei de modo a ir embora, sem sentir vergonha de olhar os outros na cara.

A moça riu, alegre.

– Seis meses! – ela exclamou. – É uma promessa?

– Bem, podem ser sete ou oito. Mas no máximo em um ano iremos embora do vale.

Foi o melhor que Ettie conseguiu, e já era alguma coisa. Havia uma luz distante para iluminar a escuridão do futuro imediato. Desde que McMurdo entrara em sua vida, esse foi o dia em que ela voltou para a casa do pai com o coração mais leve.

Seria possível que, sendo um membro da sociedade, soubesse de todas as suas atividades. Entretanto, McMurdo logo descobriu que a organização era maior e mais complexa do que uma simples loja. Mesmo o chefe McGinty ignorava muitas coisas, pois havia um oficial chamado de delegado do condado, que vivia em Hobson's Patch, depois da linha do trem, que detinha poder sobre diferentes lojas que ele controlava de modo arbitrário. McMurdo só o viu uma vez, um sujeito ardiloso, baixo e grisalho, com um andar furtivo e um olhar de soslaio, carregado de malícia. O nome dele era Evans Potts, e mesmo o chefão de Vermissa sentia uma espécie de repulsa e medo por ele, tal como o enorme Danton deve ter sentido pelo franzino mas perigoso Robespierre.

Certo dia Scanlan, que era o companheiro de pensão de McMurdo, recebeu um bilhete de McGinty contendo outro de Evans Pott, informando-lhe que enviaria dois de seus melhores homens, Lawler e Andrews, com instruções para agir na região, embora fosse melhor não dar detalhes sobre o caso. Poderia o grão-mestre providenciar acomodações apropriadas e lhes assegurar ajuda até que chegasse a hora de agir? McGinty acrescentou que seria impossível manter alguém em segredo no sindicato e, portanto, agradeceria muito se McMurdo e Scanlan pudessem acomodar os forasteiros por alguns dias na sua pensão.

Na mesma noite, os dois homens chegaram, trazendo suas maletas. Lawler era um homem de idade, astuto, silencioso e controlado, vestindo um casaco preto surrado, cujo chapéu de feltro mole e barba grisalha lhe davam o aspecto de um pregador ambulante. Seu companheiro, Andrews, era quase um menino, de rosto alegre e honesto, com os modos joviais de alguém que está em férias e disposto a aproveitar cada minuto. Os dois homens eram abstêmios e comportavam-se, em tudo, como membros exemplares da sociedade, com a única exceção de serem assassinos que por diversas vezes se mostraram instrumentos eficazes da associação do crime. Lawler já participara de quatorze operações do tipo e Andrews, de três.

McMurdo logo percebeu que estavam dispostos a conversar sobre seus feitos do passado, que contavam com a falsa modéstia de homens que já haviam feito trabalhos altruístas para o bem da comunidade. No entanto, eram reticentes quanto ao serviço atual que tinham em mãos.

– Eles nos escolheram porque nem eu nem o rapaz bebemos – Lawler explicou. – Eles confiam que não falaremos mais do que devemos. Não nos entenda mal, mas obedecemos às ordens do delegado do condado.

– Claro, estamos todos de acordo com isso – disse Scanlan, o companheiro de McMurdo, quando os quatro homens se sentaram para comer.

– É verdade, e podemos conversar até o galo cantar sobre o assassinato de Charlie Williams ou de Simon Bird, ou qualquer outro serviço do passado. Mas não diremos nada até que o serviço seja feito.

– Há uma meia dúzia por aqui aos quais eu gostaria de dizer umas coisas – disse McMurdo, blasfemando. – Acho que não estão atrás de Jack Knox, de Ironhill. Eu faria tudo para ele receber o que merece.

– Não, ainda não é ele.

– Ou Herman Strauss?

– Não, também não.

– Bem, se não querem dizer, não podemos forçá-los; mas eu gostaria de saber.

Lawler sorriu e abanou a cabeça. Nada seria arrancado dele.

Apesar da reticência dos convidados, Scanlan e McMurdo estavam determinados a presenciar a chamada "diversão". Por isso, quando, certa madrugada, McMurdo os ouviu descendo a escada, chamou Scanlan e os dois colocaram suas roupas depressa. Quando estavam vestidos, descobriram que os outros já tinham saído, deixando a porta aberta. Ainda não havia amanhecido e, pela luz das lamparinas, viram os dois homens a uma certa distância na rua. Seguiram-nos com cuidado, caminhando em silêncio na neve profunda.

A pensão ficava perto do limite da cidade, e em breve chegaram no cruzamento que ficava depois da divisa. Ali estavam três homens à espera, com os quais Lawler e Andrews tiveram uma conversa animada e breve. Depois todos seguiram juntos. Era evidente que se tratava de um serviço importante que exigia vários homens. Naquele lugar há diversas trilhas que levam às minas. Os forasteiros foram pela trilha que ia para Crow Hill, uma organização enorme, dirigida com mão de ferro que, graças ao seu vigoroso e intrépido gerente da Nova Inglaterra, Josiah H. Dunn, mantivera a ordem e a disciplina durante o longo reinado de terror.

Estava amanhecendo, e alguns trabalhadores caminhavam devagar, sozinhos ou em grupos, ao longo da trilha escura.

McMurdo e Scanlan prosseguiam com os outros, prestando atenção aos homens que estavam seguindo. Uma neblina espessa os envolvia e, do seu interior, ouviu-se o súbito silvo do apito de máquinas a vapor. Era o sinal dado dez minutos antes que as gaiolas descessem e o trabalho começasse.

Quando chegaram ao espaço aberto em volta da mina, havia centenas de mineiros esperando, batendo os pés e soprando as mãos, pois estava um frio de rachar. Os forasteiros formaram um pequeno grupo debaixo da casa de máquinas. Scanlan e McMurdo subiram num monte de lixo, de onde podiam ver a cena toda. Viram o engenheiro de minas, um escocês de barba comprida chamado Menzies, sair da casa de máquinas e apitar para que baixassem as gaiolas.

No mesmo instante, um rapaz alto e desmazelado, com um rosto sério e barbeado, avançou depressa em direção à boca da mina. No caminho, seus olhos bateram no silencioso e imóvel grupo debaixo da casa de máquinas. Os homens tinham afundado os chapéus na cabeça e levantado as golas para esconder seus rostos. Por um momento, o pressentimento da morte deitou sua mão fria no coração do administrador. Em seguida, ele se refez e só pensou no seu dever em relação aos forasteiros intrusos.

– Quem são vocês? – perguntou, enquanto caminhava. – O que estão fazendo aqui?

Não obteve resposta, mas o tal Andrews deu um passo à frente e deu-lhe um tiro na barriga. Os muitos operários que estavam esperando ficaram imóveis e impotentes, como se paralisados. O administrador colocou as duas mãos sobre a ferida e se curvou. Em seguida cambaleou, mas um outro assassino atirou e ele caiu de lado, contorcendo-se sobre um monte de lixo. Menzies, o escocês, soltou um grito de raiva diante da cena e correu com uma barra de ferro em direção aos assassinos, mas levou dois tiros no rosto que o fizeram cair morto aos seus pés.

Alguns mineiros se sobressaltaram e soltaram um grito mudo de lamento e raiva, mas os forasteiros atiraram com suas armas sobre as cabeças da multidão e todos se afastaram e dispersaram, alguns deles correndo de volta para suas casas em Vermissa.

Quando uns poucos, dos mais corajosos, juntaram-se e voltaram para a mina, a gangue assassina desaparecera na névoa da manhã, sem deixar uma única testemunha capaz de identificar aqueles homens que cometeram um crime duplo diante de centenas de espectadores.

Scanlan e McMurdo voltaram para casa. Scanlan estava um pouco abatido, pois era o primeiro assassinato que vira com os próprios olhos, e lhe pareceu menos divertido do que pensara. Os gritos terríveis da esposa do administrador morto perseguiam os dois enquanto corriam de volta à cidade. McMurdo estava pensativo e silencioso, mas não se mostrou solidário com o enfraquecimento do companheiro.

– Claro, é como a guerra – ele repetiu. – Não é outra coisa a não ser uma guerra entre nós e eles, e nós atacamos da melhor forma possível.

Houve grandes festejos no salão da loja no sindicato naquela noite, não apenas por causa do assassinato do administrador e do engenheiro da mina de Crow Hill, que colocaria essa organização na mesma situação de outras empresas da região vítimas de chantagem e terror, como também por causa da vitória conquistada pela própria loja.

Parece que, quando o delegado do condado enviou cinco homens para desferir um golpe em Vermissa, exigiu que três homens de Vermissa fossem secretamente escolhidos e enviados para matar William Hales, de Stake Royal, um dos proprietários de minas mais conhecidos e populares da região de Gilmerton, um homem que parecia não ter desafetos, pois era um empregador exemplar em todos os sentidos. Porém, por exigir eficiência no trabalho, despedira alguns empregados beberrões e preguiçosos, que eram membros da toda-poderosa sociedade. Os bilhetes ameaçadores colocados na sua porta não o demoveram de sua decisão e, assim, num país civilizado, ele se viu condenado à morte.

A execução foi devidamente realizada. Ted Baldwin, que se esbaldava agora na cadeira de honra ao lado do grão-mestre, tinha sido o chefe do grupo. Seu rosto corado e olhos injetados sem brilho denunciavam a noite passada em claro embriagando-se. Ele e dois companheiros permaneceram durante a noite nas montanhas. Estavam desarrumados e sujos, mas nenhum herói voltando de uma empresa arriscada poderia ter tido uma recepção mais calorosa de seus companheiros.

A história foi contada diversas vezes, em meio a gritos de deleite e sonoras gargalhadas. Eles esperaram pelo sujeito ao voltar para casa, quando anoiteceu, no topo de uma colina íngreme, onde o cavalo teria de ir devagar. Ele estava tão agasalhado para se proteger do frio que não conseguiu pôr a mão na arma. Eles o arrancaram do cavalo e atiraram várias vezes. Ele pediu clemência aos gritos. Esses gritos foram repetidos para a diversão da loja.

– Vamos ouvir de novo como ele chiou! – eles gritavam.

Nenhum deles conhecia o homem, mas sempre há uma emoção num assassinato, e eles haviam mostrado aos Scowrers de Gilmerton que os homens de Vermissa eram confiáveis.

Houve um contratempo, pois um homem e sua esposa passaram por ali enquanto eles ainda estavam descarregando seus revólveres no corpo inerte. Sugeriram matar os dois, mas como eram pessoas inofensivas, sem ligação nenhuma com as minas, pediram-lhes que seguissem seu caminho de boca fechada, para que nada de ruim lhes acontecesse. Assim, o corpo coberto de sangue foi deixado ali como aviso a todos os empregadores impiedosos, e os três nobres vingadores correram para as montanhas, onde a inquebrantável natureza chega ao limite das fornalhas e montes de lixo. Ali estavam a são e salvo, com o serviço realizado e os aplausos dos companheiros nos ouvidos.

Aquele fora um dia importante para os Scowrers. A sombra tinha obscurecido ainda mais o vale. Contudo, como o general experiente escolhe o momento da vitória para redobrar seus esforços, para que os inimigos não tenham tempo de se refazer depois do desastre, assim também o chefe McGinty, ao observar o panorama de suas operações com seus olhos pensativos e maldosos, planejou um novo ataque aos seus opositores. Na mesma noite, quando o grupo bastante embriagado se desfez, puxou McMurdo pelo braço e levou-o para a sala particular onde conversaram pela primeira vez.

– Veja bem, meu rapaz – disse ele. – Tenho um serviço bom para você, afinal. A execução ficará em suas mãos.

– Fico orgulhoso em ouvir isso – McMurdo respondeu.

– Você pode levar dois homens com você, Manders e Reilly. Eles foram avisados do serviço. Não ficaremos em paz neste distrito enquanto não liquidarmos Chester Wilcox, e você terá o agradecimento de todas as lojas da região de minas se conseguir acabar com ele.

– Farei o melhor possível, de qualquer modo. Quem é ele, e onde posso encontrá-lo?

McGinty tirou do canto da boca seu interminável charuto, meio mordido, meio fumado, e começou a desenhar um esboço de diagrama em uma página arrancada de seu caderno.

– Ele é o principal capataz da Iron Dyke Company. É um cidadão difícil, um velho sargento porta-bandeira da guerra, cheio de cicatrizes e cabelos grisalhos. Já fizemos duas tentativas contra ele, mas não foram bem-sucedidas e Jim Carnaway perdeu a vida por isso. Agora está na hora de você tomar conta. Esta é a casa (isolada no cruzamento de Iron Dike, como você pode ver aqui no mapa), sem outra ao alcance da vista. Não adianta ir durante o dia. Ele está armado e atira depressa e certeiro, sem perguntar nada. Mas à noite... bem, ele fica com a esposa, três filhos e uma empregada. Você não pode ser exigente na escolha: é tudo ou nada. Se você pudesse colocar um saco de pólvora na porta da casa dele com um fósforo aceso...

– O que foi que ele fez?

– Não contei que ele matou Jim Carnaway?

– Por que ele o matou?

– Que diabos isso interessa? Carnaway estava em casa à noite, e ele o matou. Isso basta para mim e para você. Você tem de acertar as contas.

– Tem duas mulheres e as crianças. Elas também?

– Tem de ser assim... senão, como pegá-lo?

– Parece injusto com elas, pois não fizeram nada.

– Que tipo de bobagem é essa? Está dando para trás?

– Calma, conselheiro, calma! O que fiz ou disse que o faz pensar que eu poderia voltar atrás de uma ordem do grão-mestre da minha própria loja? Se está certo ou errado é o senhor quem decide.

– Você vai cuidar disso, então?

– É claro que sim.

– Quando?

– Bem, é melhor me dar uma noite ou duas para eu ver a casa e fazer um plano. Depois...

– Muito bem – disse McGinty, apertando-lhe a mão. – Deixo por sua conta. Será um grande dia quando nos contar as boas-novas. Será apenas um golpe final que fará com que todos se curvem.

McMurdo pensou longa e profundamente sobre o serviço que lhe tinha sido confiado tão de repente. A casa isolada na qual morava Chester Wilcox ficava a cerca de cinco milhas de um outro vale. Na mesma noite, saiu sozinho para preparar o atentado. Amanhecia quando ele voltou do reconhecimento. No dia seguinte, conversou com os dois subordinados, Manders e Reilly, jovens afoitos que estavam animados como se fossem a uma caçada de veados.

Duas noites depois eles se encontraram nos arredores da cidade, os três armados, e um deles levando um saco carregado de pólvora que era usada nas minas. Eram duas da manhã quando chegaram na casa isolada. Ventava muito naquela noite e as nuvens passavam depressa em frente da lua em quarto crescente. Foram avisados para ter cuidado com os cães; por isso, moviam-se com cautela, com as armas na mão. Mas não havia ruído algum, exceto o do vento, e nenhum movimento, salvo os galhos que se balançavam acima deles.

McMurdo pôs-se à escuta junto da porta da casa isolada, mas estava tudo quieto lá dentro. Então colocou o saco de pólvora contra a porta, fez um buraco com o canivete e colocou o estopim. Quando estava bem aceso, ele e seus dois companheiros saíram correndo e já estavam a uma distância segura, protegidos em um fosso, quando o estrondo devastador da explosão e o ruído seco da casa desmoronando lhes avisou que seu trabalho estava terminado. Nenhum serviço mais limpo constava dos sangrentos anais da sociedade.

Entretanto, infelizmente aquele trabalho tão bem organizado e realizado com tanta ousadia de nada serviu! Alertado pelo destino de tantas vítimas, e sabendo que estava marcado para ser destruído, Chester Wilcox, junto com a família, um dia antes, mudara-se para um lugar mais seguro e menos conhecido, onde a polícia tomava conta da casa. Uma casa vazia foi destruída pela pólvora, e o implacável sargento porta-bandeira ainda ensinava disciplina aos mineiros de Iron Dike.

– Deixe comigo – disse McMurdo. – Esse homem é meu e vou pegá-lo nem que tenha de esperar um ano por isso.

Uma moção de agradecimento e confiança foi votada na loja, e o assunto foi encerrado por algum tempo. Quando algumas semanas mais tarde os jornais relataram que Wilcox tinha sido assassinado numa emboscada, não era um segredo para ninguém que McMurdo trabalhara no seu serviço inacabado.

Tais eram os métodos da sociedade dos Homens Livres, e tais eram as proezas dos Scowrers, com as quais espalhavam seu domínio do medo sobre uma rica e próspera região que por tanto tempo foi assombrada com sua terrível presença. Por que manchar estas páginas com mais crimes? Já não contei o bastante sobre os homens e seus métodos?

Essas proezas estão marcadas na história e existem registros onde se podem ler os detalhes. Ali se pode ler sobre o assassinato dos guardas Hunt e Evans porque ousaram prender dois membros da sociedade – uma atrocidade dupla planejada na loja de Vermissa e executada a sangue frio em dois homens inofensivos e desarmados. Também se pode ler sobre o assassinato da sra. Larbey, quando cuidava do marido, que tinha sido espancado até quase morrer, por ordens do chefe McGinty. A morte do Jenkins mais velho, logo seguida da morte de seu irmão, a mutilação de James Murdoch, a explosão da família Staphouse e o assassinato dos Stendals, um depois do outro, no mesmo terrível inverno.

A sombra obscurecia o Vale do Terror. Chegara a primavera, com os riachos transbordando e as árvores florindo. Havia esperança em toda a Natureza presa em grilhões de ferro; mas em nenhum lugar havia esperança para homens e mulheres que viviam sob o domínio do terror. Nunca antes a nuvem que pairava sobre eles se mostrara tão escura e sem esperança como naquele ano de 1875.

Capítulo 6

Perigo

Era o auge do domínio do terror. McMurdo, que já fora apontado chefe interno, com muitas possibilidades de ser o sucessor de McGinty como grão-mestre, era agora tão necessário nas assembleias de seus companheiros que nada era feito sem sua ajuda e seus conselhos. No entanto, quanto mais popular se tornava entre os Homens Livres, mais mal-encarados eram os olhares que recebia ao passar pelas ruas de Vermissa. Apesar do terror que sentiam, os cidadãos começaram a criar coragem para se unir contra seus opressores. Corriam boatos de que havia reuniões secretas na redação do *Herald* e de que se distribuíam armas de fogo para as pessoas de paz. Mas McGinty e seus homens não se deixaram perturbar por esses relatos. Eles estavam em grande número, eram decididos e tinham muitas armas. Seus opositores estavam dispersos e sem força. Terminaria, como acontecera no passado, em falatório e, talvez, prisões ineficazes. Assim diziam McGinty, McMurdo e todos os espíritos corajosos.

Era uma noite de sábado, em maio. Sábado era sempre a noite da loja, e McMurdo saía de sua casa para se dirigir para lá quando Morris, o irmão mais fraco da ordem, veio ao seu encontro. Suas sobrancelhas estavam franzidas de preocupação, e seu rosto bondoso estava abatido e transtornado.

– Posso lhe falar francamente, sr. McMurdo?

– Claro.

– Não me esqueço que lhe contei algo certa vez e que o senhor guardou tudo para si, mesmo quando o chefe veio em pessoa perguntar-lhe sobre nossa conversa.

– O que mais poderia fazer se o senhor confiou em mim? Não significa que concordei com o que o senhor me disse.

– Sei disso. Mas o senhor é alguém com quem posso falar e me sentir seguro. Trago um segredo aqui – ele colocou a mão sobre o peito – que está acabando comigo. Queria que tivesse sido revelado a qualquer outra pessoa, menos eu. Se eu o contar, é certo que resultará em crime. Se eu não disser nada, poderá significar o fim de todos nós. Que Deus me ajude, mas estou quase enlouquecendo por causa disso!

McMurdo olhou sério para o homem. Ele tremia no corpo inteiro. Serviu uísque num copo e lhe ofereceu.

– Isso é um remédio para tipos como o senhor – disse ele. – Agora, conte-me tudo.

Morris bebeu, e seu rosto lívido ganhou um pouco de cor.

– Posso contar tudo em uma frase – disse ele. – Há um detetive atrás de nós.

McMurdo olhou para ele, perplexo.

– Ora, homem, o senhor está louco – ele disse. – Este lugar está cheio de policiais e detetives, e que mal fizeram a nós?

– Não, não é ninguém daqui. Como bem disse, nós os conhecemos e eles não podem fazer quase nada. Mas já ouviu falar nos homens de Pinkerton?

– Li a respeito de um sujeito com esse nome.

– Bem, acredite que não há chance quando eles estão atrás de alguém. Não é uma missão oficial de erros e acertos. É uma proposta de trabalho seríssima, que procura soluções e que as encontra, por bem ou por mal. Se um homem de Pinkerton estiver nesse caso, estaremos todos acabados.

– Temos de matá-lo.

– Ah, é a primeira ideia que lhe vem à cabeça! Então isso vai chegar até a loja. Não disse que terminaria em crime?

– Claro, o que é um crime? Não é algo comum por aqui?

– Sim, de fato, mas não sou eu quem vai apontar o homem que deve ser assassinado. Nunca mais poderia descansar. No entanto, são nossos pescoços que estão em jogo. Em nome de Deus, o que devo fazer? – e ele jogava o corpo para frente e para trás, na agonia da indecisão.

Mas suas palavras tinham comovido McMurdo profundamente. Era fácil perceber que concordava com a opinião do outro quanto ao perigo e à necessidade de enfrentá-lo. Pegou Morris pelo ombro e sacudiu-o com seriedade.

– Veja aqui, homem – ele gritou, quase gemendo de exaltação, – o senhor não vai conseguir nada ficando aqui sentado, lamentando-se como uma velha carpideira num funeral. Vamos aos fatos. Quem é o sujeito? Onde está? Como soube dele? Por que me procurou?

– Procurei o senhor, pois é o único que pode me aconselhar. Contei-lhe que tive uma loja no leste, antes de vir para cá. Deixei bons amigos ali, e um deles trabalha nos telégrafos. Eis a carta que recebi dele ontem. Está no alto da folha. O senhor mesmo pode ler.

Eis o que McMurdo leu:

"Como estão os Scowrers por aí? Lemos muita coisa a respeito deles nos jornais. Espero receber notícias suas logo. Cinco grandes corporações e duas ferrovias decidiram levar as coisas a sério. Não estão brincando e é certeza que vão chegar lá! Estão empenhados nisso. Pinkerton assumiu o comando a pedido deles, e seu melhor homem, Birdy Edwards, está em ação. Isso tem de acabar agora."

– Leia agora o *post-scriptum.*

"Está claro que o que lhe conto é o que escutei no trabalho, por isso não passa disso. É um código estranho com o qual se lida na Scotland Yard todos os dias sem nada conseguir entender."

McMurdo ficou sentado em silêncio por algum tempo, com a carta nas mãos apáticas. A névoa subira por um instante e o abismo estava diante dele.

– Alguém mais sabe disso? – perguntou.

– Não contei a mais ninguém.

– Mas esse homem, seu amigo, conhece outra pessoa a quem ele poderia ter escrito?

– Bem, eu diria que ele conhece mais um ou outro.

– Da loja?

– É possível.

– Perguntei porque é possível que ele tenha descrito esse sujeito, Birdy Edwards... então poderíamos procurá-lo.

– Bem, é possível. Mas não acho que ele o conheça. Só me contou as novidades que lhe chegaram no trabalho. Como poderia conhecer o tal de Pinkerton?

McMurdo foi tomado de um violento sobressalto.

– Puxa vida! – gritou. – Já sei quem é! Como fui idiota em não perceber! Meu Deus! Mas estamos com sorte. Vamos acabar com ele antes que nos faça algo de ruim. Veja bem, Morris, o senhor vai deixar isso nas minhas mãos?

– É claro, se tirar das minhas.

– Farei isso. Fique fora disso e deixe-me tomar conta. Nem mesmo seu nome deve ser mencionado. Farei tudo eu mesmo, como se a carta tivesse chegado para mim. Assim está bom para o senhor?

– É tudo o que peço.

– Então fica assim, e bico calado. Agora vou para a loja e logo mais o velho Pinkerton vai se arrepender.

– Não vai matar o homem?

– Quanto menos o senhor souber, amigo Morris, mais fácil será para sua consciência e melhor dormirá. Não pergunte nada e deixe as coisas se ajeitarem por si. Eu cuido do caso, agora.

Morris abanou a cabeça com tristeza quando ele foi embora.

– Sinto esse sangue nas minhas mãos – murmurou.

– Autodefesa não é crime, de qualquer modo – disse McMurdo, com um sorriso cruel. – É ele ou nós. Acho que esse homem nos destruiria a todos se o deixássemos no vale por algum tempo. Ora, irmão Morris, teremos de elegê-lo nosso grão-mestre um dia, pois é certo que o senhor salvou a loja.

E, no entanto, estava claro por seus gestos que ele levara a nova intromissão mais a sério do que suas palavras deixavam ver. Pode ter sido a sua consciência culpada, pode ter sido a fama da organização de Pinkerton, pode ter sido o fato de saber que grandes e poderosas corporações tinham assumido a tarefa de se livrar dos Scowrers, mas qualquer que tenha sido o motivo, seus gestos eram os de um homem que se prepara para o pior. Todos os documentos que pudessem incriminá-lo foram destruídos antes que ele saísse de casa. Depois disso, soltou um longo suspiro de satisfação, pois lhe parecia que estava a salvo. E, no entanto, o perigo ainda deve tê-lo pressionado, pois, no caminho para a loja, parou na casa do velho Shafter. Estava proibido de ir lá, mas quando bateu na janela, Ettie saiu para vê-lo. A travessura festiva dos irlandeses não transpareceu nos olhos de McMurdo. Ela viu perigo no rosto sério dele.

– Aconteceu alguma coisa! – ela gritou. – Oh, Jack, você corre perigo!

– Claro, mas não é coisa séria, minha querida. E, no entanto, talvez seja melhor irmos embora antes que piore.

– Ir embora?

– Prometi a você, certa vez, que um dia iríamos embora. Acho que chegou a hora. Recebi notícias, más notícias, hoje, e acho que haverá encrenca por aqui.

– A polícia?

– Bem, um tal de Pinkerton. Mas, é claro que você não sabe o que é, meu amor, nem sabe o que isso significa para tipos como eu. Estou muito envolvido nisso e talvez tenha de sair depressa daqui. Você disse que viria comigo, se eu fosse embora.

– Oh, Jack, seria a sua salvação!

– Sou um homem honesto em algumas coisas, Ettie. Jamais machucaria um fio de cabelo da sua linda cabecinha, por nada neste mundo, nem tiraria você do trono de ouro acima das nuvens, onde sempre a vejo. Você confia em mim?

Ela pegou na mão dele sem falar uma palavra.

– Bem, então escute o que eu digo e faça o que eu mandar, pois é a nossa única saída. Vão acontecer coisas neste vale. Sinto nos meus ossos. Muitos de nós teremos que ficar alertas. Eu sou um deles, de qualquer modo. Se eu partir, de dia ou de noite, você terá de ir comigo!

– Eu vou atrás de você, Jack.

– Não, não, você virá comigo. Se este vale se fechar para mim e eu não puder voltar, como poderei deixá-la para trás e ficar escondido da polícia sem nem poder mandar uma mensagem? Você terá de vir comigo. Conheço uma senhora bondosa no lugar de onde eu vim, e é lá que deixarei você até que possamos nos casar. Você virá?

– Sim, Jack, eu vou.

– Deus a abençoe por acreditar em mim! Eu seria um crápula se a traísse. Agora, veja bem, Ettie, trata-se de um só recado; quando chegar até você, largue tudo e vá direto para a sala de espera da estação e fique lá até eu chegar.

– De dia ou de noite, irei assim que o recado chegar.

Um pouco mais calmo, agora que começara a preparar sua fuga, McMurdo dirigiu-se para a loja. Já estava reunida, e só depois de complicados sinais e contrassinais ele conseguiu passar pelas guardas externas e internas que a protegiam. Foi recebido com um burburinho de alegria e saudações quando entrou. A sala comprida estava lotada, e através da névoa de fumaça de cigarro ele avistou a longa cabeleira negra do grão-mestre, as feições cruéis e hostis de Baldwin, a cara de urubu de Harraway, o secretário, e mais uma dúzia dos líderes da loja. Ficou contente que estivessem todos lá para dar conselhos sobre as novidades.

– Estamos de fato muito satisfeitos em vê-lo, irmão! – exclamou o presidente. – Há um assunto que precisa de uma solução salomônica para ser resolvido.

– É sobre Lander e Egan – explicou seu vizinho, quando se sentou. – Os dois reivindicam o direito de receber o dinheiro que a loja dá pela morte do velho Crabbe em Stylestown; mas quem pode dizer qual tiro foi o certeiro?

McMurdo levantou-se e fez sinal com a mão. A expressão do seu rosto imobilizou o público. Fez-se um silêncio mortal de espera.

– Eminente grão-mestre – ele disse, com voz solene –, peço urgência!

– O irmão McMurdo pede urgência – disse McGinty. – É um pedido que, pelas regras da loja, tem preferência. Então, irmão, é sua vez.

McMurdo tirou a carta do bolso.

– Eminente grão-mestre – disse –, hoje sou portador de más notícias; mas é melhor que sejam conhecidas e discutidas, antes que um infortúnio sem aviso suceda, que nos destruiria a todos. Tenho informações de que as organizações mais ricas e poderosas deste estado se juntaram para nos destruir e que neste exato momento há um detetive de Pinkerton, um tal de Birdy Edwards, trabalhando no vale para juntar provas que colocarão uma corda em volta do pescoço de muitos de nós e enviarão todos os homens desta sala para uma cela de criminosos. Tal é a situação da discussão para a qual fiz o pedido de urgência.

Fez-se um silêncio mortal na sala. Foi quebrado pelo presidente.

– Qual a prova disso, irmão McMurdo? – ele perguntou.

– Está nesta carta que veio parar em minhas mãos – disse McMurdo. Leu o trecho em voz alta. – É uma questão de honra eu não poder lhes dar mais detalhes sobre a carta, nem passá-las às suas mãos, mas garanto-lhes de que não há mais nada aí que possa afetar os interesses da loja. Apresento-lhes o caso como chegou a mim.

– Gostaria de dizer, sr. presidente – disse um dos irmãos mais velhos –, que já ouvi falar sobre Birdy Edwards, e ele tem a fama de ser o melhor homem a serviço de Pinkerton.

– Alguém o conhece de vista? – perguntou McGinty.

– Sim – disse McMurdo –, eu.

Houve um murmúrio de espanto no salão.

– Acho que o temos sob controle – continuou, com um sorriso exultante no rosto. – Se agirmos depressa e com inteligência, poderemos acabar logo com isso. Se eu puder contar com a confiança e a ajuda de vocês, teremos pouco a recear.

– O que temos a recear? O que ele pode saber sobre os nossos assuntos?

– Poderia dizer isso, se todos fossem tão leais quanto o senhor, conselheiro. Mas esse homem tem milhões de capitalistas para apoiá-lo. O senhor não acha que há algum irmão mais fraco, em uma de nossas lojas, que poderia ser comprado? Ele descobriria nossos segredos... talvez já os tenha descoberto. Só existe um remédio seguro.

– Que ele nunca saia do vale – disse Baldwin.

McMurdo assentiu.

– Tem razão, irmão Baldwin – ele disse. – Tivemos nossas diferenças, mas esta noite você disse a palavra certa.

– Onde está ele, então? Onde podemos vê-lo?

– Eminente grão-mestre – disse McMurdo, sério –, gostaria de dizer-lhe que este assunto é muito importante para ser discutido em reunião aberta. Deus me livre de duvidar de alguém daqui, mas se apenas uma palavra sobre esse boato chegar aos ouvidos do homem, nossas chances de agarrá-lo se acabariam. Peço à loja para eleger uma comissão de confiança, sr. grão-mestre... se me permite, sugiro o senhor, o irmão Baldwin e outros cinco homens. Então poderei falar abertamente sobre o que sei e o que sugiro que seja feito.

A proposta foi aceita de imediato, e uma comissão foi escolhida. Além do presidente e de Baldwin, estavam Harraway, o secretário cara de urubu; Tigre Cormac, o jovem e cruel assassino; Carter, o tesoureiro; e os irmãos Willaby, homens destemidos e desesperados que atiravam por qualquer coisa.

Os festejos habituais da loja foram breves e comedidos, pois havia uma nuvem pesada na alma desses homens, e vários deles começavam a ver, pela primeira vez, a nuvem da lei da vingança aproximar-se do céu sereno sob o qual viviam há tanto tempo. O terror que eles haviam infligido a outros fazia parte de suas vidas, e a ideia de uma desforra era tão remota que agora lhes parecia alarmante que estivesse tão próxima. Foram embora cedo e deixaram os líderes em reunião.

– Pronto, McMurdo! – disse McGinty, quando ficaram a sós. Os sete homens sentaram-se imóveis em seus lugares.

– Acabei de dizer que conheci Birdy Edwards – McMurdo explicou. – Não preciso dizer que ele não usa esse nome. É um homem corajoso, mas não é louco. Ele se faz passar por Steve Wilson e vive em Hobson's Patch.

– Como sabe?

– Porque conversei com ele. Não achei nada demais na ocasião, nem teria mais pensado nisso, se não fosse por esta carta; mas agora tenho certeza de que ele é o homem. Encontrei-o no trem na quarta-feira... um caso dos mais complicados. Ele disse que era repórter. Acreditei por algum tempo. Queria saber tudo sobre os Scowrers e as chamadas *atrocidades* para um jornal de Nova York. Fez-me todo tipo de perguntas para descobrir alguma coisa. Claro que eu não iria entregar nada. "Eu pago, e pago bem", ele disse, "se conseguir coisas que interessem ao meu editor." Contei o que me pareceu agradá-lo e ele me pagou vinte dólares pela informação. "Você pode ganhar dez vezes mais, se souber tudo o que quero."

– O que você contou?

– Inventei qualquer coisa.

– Como sabe que ele não era um jornalista?

– Vou contar. Ele desceu em Hobson's Patch e eu também. Entrei por acaso no telégrafo e ele estava saindo. "Veja isto", disse o operador, depois que ele saiu, "acho que deveríamos cobrar o dobro por isto." "Acho que sim", disse eu. Ele tinha preenchido o formulário com uma matéria que poderia estar escrita em chinês, de tão pouco clara. "Ele envia uma página dessas todos os dias", disse o funcionário. "Sim, são notícias especiais para o jornal, e ele tem medo que outros as interceptem", disse eu. Foi o que o operador e eu pensamos na ocasião, mas agora penso diferente.

– Puxa vida! Acho que você está certo – disse McGinty. – Mas o que acha que devemos fazer a respeito?

– Por que não ir já para lá e dar um jeito nele? – alguém sugeriu.

– Sim, quanto antes melhor.

– Eu iria agora mesmo, se soubesse onde encontrá-lo – disse McMurdo. – Ele está em Hobson's Patch, mas não sei em que casa. Porém, tenho um plano, caso aceitem meu conselho.

– Bem, qual é?

– Vou a Hobson's Patch amanhã de manhã. Vou encontrá-lo por meio do operador. Acho que ele saberá localizá-lo. Bem, então conto a ele que sou um Homem Livre. Ofereço todos os segredos da loja por um preço. Aposto que ele vai cair nessa. Digo que os papéis estão na minha casa e que minha vida correria perigo se eu permitisse que ele fosse lá enquanto houver pessoas na rua. Ele entenderá que é razoável. Digo-lhe então que venha às dez horas da noite e poderá ver tudo. Isso vai interessá-lo com certeza.

– Então?

– Vocês podem planejar o resto. A casa da viúva MacNamara é isolada. Ela é confiável como o aço e surda como um poste. Só Scanlan e eu estamos na casa. Se eu conseguir que ele prometa vir (e avisarei vocês) gostaria que sete de vocês viessem à minha casa às nove horas.

Vamos pegá-lo. Se ele sair vivo dessa... bem, então poderá falar sobre a sorte de Birdy Edwards pelo resto da vida!

– Haverá uma vaga no grupo de Pinkerton, ou muito me engano. Está combinado assim, McMurdo. Às nove horas, estaremos lá com você. Assim que você fechar a porta atrás dele, pode deixar o resto por nossa conta.

Capítulo 7

A armadilha para Birdy Edwards

Como dissera McMurdo, a casa onde vivia era isolada e muito adequada para um crime tal como o planejado. Ficava no limite da cidade e bem afastada da estrada. Em qualquer outra ocasião, os conspiradores teriam apenas chamado o homem para fora, como haviam feito inúmeras vezes, e descarregado suas armas em seu corpo; mas naquele caso era preciso descobrir o quanto ele sabia, como ficara sabendo e o que teria dito a seus patrões.

Era possível que já tivessem chegado tarde e que o serviço já tivesse sido feito. Se fosse o caso, poderiam ao menos se vingar do homem que os delatara. Mas tinham esperanças de que nada muito importante fosse do conhecimento do detetive, pois, argumentavam, ele não teria se preocupado em passar adiante informações tão banais quanto as que McMurdo dissera ter-lhe contado. Todavia, queriam ouvir isso da boca dele. Quando estivesse em seu poder, eles achariam um jeito de fazê-lo falar. Não seria a primeira vez que lidariam com uma testemunha de má vontade.

McMurdo foi a Hobson's Patch, conforme o combinado. A polícia parecia estar especialmente interessada nele naquela manhã, e o capitão Marvin (que dissera conhecê-lo há tempos em Chicago) dirigiu-se a ele enquanto esperava na estação. McMurdo deu-lhe as costas e recusou-se a falar com ele. Voltou de sua missão à tarde e encontrou McGinty no sindicato.

– Ele vem – disse.

– Ótimo! – disse McGinty.

O gigante estava em mangas de camisa, com correntes e emblemas brilhando sobre seu imenso colete e um diamante cintilando por debaixo de sua barba espessa. As bebidas e a política haviam feito do chefe um homem rico e poderoso. Por isso, a possibilidade de ir para a prisão ou para a forca, aventada na noite anterior, parecia-lhe tão terrível.

– Você acredita que ele sabe de muita coisa? – perguntou, ansioso.

McMurdo abanou a cabeça com pesar.

– Já está aqui há algum tempo... seis semanas, pelo menos. Não penso que veio para cá para admirar a paisagem. Se ele trabalhou entre nós esse tempo todo com o apoio do dinheiro da ferrovia, acho que conseguiu alguma coisa e que passou isso adiante.

– Não tem nenhum homem fraco na loja – gritou McGinty. – Confiáveis como o aço, todos os homens. Mas, pelo amor de Deus! Tem aquele canalha do Morris. E ele? Se alguém nos traísse, seria ele. Estou pensando em mandar alguns rapazes à casa dele antes do anoitecer para lhe dar uma surra e ver o que conseguem tirar dele.

– Bem, não haveria nenhum mal nisso – McMurdo respondeu. – Não nego que gosto de Morris e que sentiria pena de vê-lo machucado. Ele conversou comigo uma ou duas vezes sobre assuntos da loja, e, embora ele não tenha a mesma opinião que o senhor ou eu, nunca me pareceu um delator. Mas não sou eu quem vai ficar entre vocês.

– Vou dar um jeito naquele velho idiota! – disse McGinty, praguejando. – Estou de olho nele há um ano.

– Bem, o senhor é que sabe – McMurdo respondeu. – Mas seja lá o que for, terá de ser amanhã, pois precisamos nos esconder até que o assunto Pinkerton esteja resolvido. Não queremos ver a polícia agitada, muito menos hoje.

– É verdade – disse McGinty. – E saberemos do próprio Birdy Edwards como conseguiu o que sabe, nem que tenhamos de arrancar seu coração. Ele pareceu suspeitar de uma cilada?

McMurdo riu.

– Acho que toquei no seu ponto fraco – ele disse. – Se tivesse uma boa pista sobre os Scowrers, ele estaria pronto para segui-la até o inferno. Consegui o dinheiro dele – McMurdo sorriu, enquanto mostrava um maço de notas de dólares –, e o resto, quando vir os documentos.

– Que documentos?

– Bem, não existem documentos. Mas eu falei de um monte de regulamentos e livros de regras e formulários para os membros. Ele espera saber tudo antes de ir embora.

– Pode acreditar nisso! – disse McGinty, com uma careta. – Ele não perguntou por que você não levou os documentos?

– Como se eu pudesse levar essas coisas, logo eu, um suspeito, e o capitão Marvin querendo falar comigo logo nesse dia na estação!

– Sim, ouvi falar – disse McGinty. – Acho que a barra pesada desse assunto vai sobrar para você. Poderíamos jogá-lo no velho poço, quando acabarmos com ele; mas, seja como for, não poderemos evitar o fato de o homem morar em Hobson's Patch e você ter estado lá hoje.

McMurdo encolheu os ombros.

– Se fizermos tudo direito, não poderão provar o assassinato – disse ele. – Ninguém poderá vê-lo ir para casa depois que escurecer, e darei um jeito para que ninguém o veja chegar. Olhe aqui, conselheiro, vou lhe mostrar meu plano e peço-lhe que faça os acertos com os outros. Todos chegarão bem antes. Muito bem. Ele vai chegar às dez. Ele deve bater na porta três vezes, e eu devo abrir-lhe a porta. Então fico atrás dele e fecho a porta. Aí ele é nosso.

– Isso está fácil e claro.

– Sim, mas o próximo passo precisa de atenção. Ele é um caso difícil. Ele está muito armado. Eu o enganei direitinho, mas é provável que esteja protegido. Suponha que eu o leve para um quarto com sete homens, no qual ele esperava me encontrar sozinho. Haverá tiroteio e alguém poderá se machucar.

– Isso mesmo.

– E o barulho atrairá todos os malditos tiras da cidade para lá.

– Acho que você está certo.

– É assim que eu devo agir. Vocês todos estarão na sala grande... a mesma que o senhor esteve quando conversamos. Vou abrir a porta para ele, mostrar-lhe o saguão ao lado da porta e deixá-lo ali, enquanto busco os documentos. Isso me dará a oportunidade de lhes contar como estão as coisas. Depois volto para junto dele com os documentos falsos. Enquanto ele estiver lendo, vou atacá-lo e imobilizar seu braço. Vocês me ouvirão chamá-los e virão depressa. Quanto mais rápido melhor, porque ele é um homem forte como eu e poderá ser difícil segurá-lo. Mas acho que posso aguentá-lo, até vocês chegarem.

– É um bom plano – disse McGinty. – A loja lhe ficará devendo essa. Penso que, quando eu deixar a presidência, posso indicar o nome do homem que me sucederá.

– Mas, conselheiro, sou pouco mais do que um recruta – disse McMurdo; porém seu rosto mostrava o que achou do elogio do chefão.

Quando voltou para casa, fez os preparativos para a terrível noite que tinha pela frente. Em primeiro lugar, limpou, lubrificou e carregou a sua arma Smith & Wesson. Em seguida, examinou a sala onde o detetive seria apanhado. Era um cômodo amplo, com uma mesa grande no centro e um grande fogão no canto. Em cada um dos lados havia janelas. Não tinham persianas, apenas cortinas leves que corriam para os lados. McMurdo examinou-as com atenção. Sem dúvida, ocorreu-lhe que o cômodo estava muito exposto para uma reunião tão secreta. Todavia, a distância em relação à estrada tornava isso menos importante. Por fim, discutiu o assunto com o seu companheiro de moradia. Scanlan, embora fosse um Scowrer, era um homenzinho inofensivo, fraco demais para ter uma opinião diferente de de seus companheiros, mas que ficava secretamente horrorizado com as proezas sanguinárias que às vezes era forçado a assistir. McMurdo contou-lhe com poucas palavras o que estava por acontecer.

– E se eu fosse você, Mike Scanlan, eu tiraria folga hoje à noite e ficaria longe disso. Vai correr muito sangue por aqui antes do amanhecer.

– Muito bem, então, Mac – Scanlan respondeu. – Falta-me não a vontade, mas a coragem. Ver o administrador Dunn cair lá na mina de carvão foi mais do que eu podia aguentar. Não fui feito para isso, como você ou McGinty. Se a loja não levar a mal, farei como você me aconselhou e deixo-os ao anoitecer.

Os homens chegaram cedo, conforme o combinado. Aparentavam ser cidadãos respeitáveis, bem-vestidos e limpos, mas um conhecedor de fisionomias teria percebido naquelas bocas e olhos implacáveis que havia muito poucas chances para Birdy Edwards. Não havia homem algum naquela sala cujas mãos já não tivessem sido cobertas de sangue inúmeras vezes antes. Eram tão insensíveis em relação ao assassinato de homens quanto açougueiros com carneiros.

Em primeiro lugar, claro, tanto em aparência como em culpa, estava o terrível chefe. Harraway, o secretário, era um homem magro, implacável, com um pescoço longo e magro, membros nervosos e irrequietos, de uma fidelidade incorruptível em relação às finanças da ordem e nenhuma noção de justiça ou honestidade além disso. O tesoureiro Carter era um homem de meia-idade, com um ar impassível, ou melhor, mal-humorado, e uma pele amarela que parecia um pergaminho. Era um organizador competente, e os detalhes de quase todas as atrocidades tinham sido concebidos por seu cérebro conspirador. Os dois Willabys eram homens de ação, altos, jovens ágeis com rostos determinados, ao passo que o camarada Tigre Cormac, um jovem rude e moreno, era temido pelos próprios companheiros pela ferocidade de sua disposição. Esses eram os homens que se juntaram naquela noite sob o teto de McMurdo para o assassinato do detetive de Pinkerton.

O anfitrião colocou uísque na mesa, e eles se apressaram para preparar o trabalho que tinham pela frente. Baldwin e Cormac já estavam um pouco bêbados e o álcool lhes despertara a ferocidade. Cormac colocou as mãos no fogão por um instante – estava aceso, pois as noites ainda eram frias.

– Serve – disse ele, praguejando.

– Sim – disse Baldwin, entendendo o que ele queria dizer. – Se ele ficar preso nisso, conseguiremos tirar a verdade de sua boca.

– Saberemos a verdade de sua boca, não tenha medo – disse McMurdo. Tinha nervos de aço esse sujeito! Embora o caso todo dependesse dele, sua atitude era tão calma e despreocupada como sempre. Os outros perceberam e elogiaram-no.

– Você é quem vai lidar com ele – disse o chefe, com ar de aprovação. – Ele não receberá nenhuma ameaça enquanto suas mãos não estiverem no pescoço dele. É lamentável que a janela não tenha persianas.

McMurdo foi até a cortina para fechá-la melhor.

– É certo que ninguém poderá nos espionar. Está chegando a hora.

– Talvez ele não venha. Talvez tenha sentido cheiro de perigo – disse o secretário.

– Ele virá, não tenha medo – McMurdo respondeu. – Ele está tão ansioso por vir quanto vocês por vê-lo. Ouçam!

Eles estavam sentados como bonecos de cera, alguns com os copos perto dos lábios. Ouviram três batidas fortes na porta.

– Silêncio! – McMurdo levantou a mão em sinal de cuidado. Um olhar de entusiasmo percorreu o grupo e colocaram as mãos nas armas escondidas.

– Nenhum barulho, pelas suas vidas! – McMurdo sussurrou e saiu do quarto, fechando a porta com cuidado.

Com os ouvidos atentos, os assassinos ficaram esperando. Contaram os passos do companheiro no caminho. Então ouviram-no abrir a porta de entrada. Houve algumas palavras de saudação. Perceberam um passo estranho dentro da casa e uma voz desconhecida. Depois de um instante, ouviram a porta bater e a chave girar na fechadura. A presa estava segura na armadilha. Tigre Cormac soltou uma risada terrível, e o chefe McGinty tapou-lhe a boca com sua enorme mão.

– Cale a boca, idiota! – sussurrou. – Ainda vai acabar conosco!

Houve um murmúrio de uma conversa na sala ao lado. Parecia interminável. Então a porta abriu-se e McMurdo apareceu, com o dedo nos lábios.

Foi até a ponta da mesa e olhou para todos. Ele estava um pouco diferente. Tinha os gestos de alguém que tinha um trabalho importante a fazer. Seu rosto estava firme como granito. Seus olhos atrás dos óculos brilhavam com feroz ansiedade. Tornara-se um visível líder dos Homens. Eles olhavam para ele com ávido interesse, mas ele não disse nada. Com aquele mesmo olhar extraordinário percorreu um a um.

– Bem! – gritou McGinty, por fim. – Ele está aqui? Birdy Edwards está aqui?

– Sim – McMurdo respondeu devagar. – Birdy Edwards está aqui. Eu sou Birdy Edwards!

Houve dez segundos após a breve fala durante os quais a sala parecia estar vazia, tão profundo foi o silêncio. O apito estridente da chaleira no fogão feriu os ouvidos. Sete rostos lívidos, todos voltados para o homem que os dominava, estavam paralisados de terror. Então, com um barulho súbito de vidro se quebrando, os canos dos rifles reluzentes surgiram pelas janelas da sala, enquanto as cortinas eram arrancadas de seus lugares.

Ao ver isso o chefe McGinty soltou um rugido, como um urso ferido, e correu em direção à porta semiaberta. Um revólver apontado esperava-o ali, atrás do qual brilhavam os olhos azuis sérios do capitão Marvin, da polícia das minas. O chefe recuou e caiu sentado na cadeira.

– Estará mais seguro aqui, conselheiro – disse o homem, que eles haviam conhecido como McMurdo. – E você, Baldwin, se não tirar as mãos de sua arma, terá de se arranjar com o carrasco. Tire as mãos, ou... por Deus... assim está melhor. Há quarenta homens armados em volta desta casa e vocês podem imaginar quais são suas chances. Pegue as armas, Marvin!

Não havia qualquer possibilidade de resistir sob a ameaça daqueles rifles. Os homens estavam desarmados. Aborrecidos, envergonhados e perplexos, ainda estavam sentados em volta da mesa.

– Gostaria de dizer algo a vocês antes de nos separarmos – disse o homem que os havia capturado. – Acho que não nos veremos de novo até o dia do julgamento. Darei a vocês algo para pensar de hoje até lá. Agora sabem quem sou eu. Finalmente, posso pôr as cartas na mesa. Sou Birdy Edwards, de Pinkerton. Fui escolhido para acabar com a sua gangue. Fui obrigado a fazer parte de um jogo difícil e perigoso. Ninguém, mas ninguém mesmo, nem as pessoas mais próximas e queridas, sabiam o que eu estava fazendo. Só o capitão Marvin aqui e os meus patrões sabiam. Mas tudo acabou hoje à noite e, graças a Deus, eu venci.

Os sete rostos lívidos e ferrenhos olharam para ele. Havia um ódio implacável nos olhos deles. Ele percebeu uma ameaça inexorável.

– Talvez vocês achem que o jogo ainda não acabou. Bem, eu assumo o risco. De qualquer modo, alguns de vocês não terão outra chance, e há outros sessenta homens, além de vocês, que irão para a cadeia hoje à noite. Digo-lhes uma coisa, quando fui escalado para este trabalho, não acreditava que uma sociedade como a de vocês existisse. Achei que era conversa dos jornais e queria provar isso. Contaram-me que era ligada aos Homens Livres, então fui a Chicago e tornei-me um deles. Tive então a certeza de que se tratava de conversa dos jornais, pois vi nada vi de mal na sociedade, apenas coisas boas. Mas eu tinha de fazer o meu trabalho e vim para o vale do carvão. Quando cheguei aqui, percebi que estava errado e que não era uma história qualquer. Por isso fiquei para cuidar do caso. Nunca matei ninguém em Chicago. Nunca falsifiquei dinheiro algum na minha vida. O dinheiro que dei para vocês era verdadeiro, mas nunca meu dinheiro foi tão bem gasto. Eu sabia como cair nas graças de vocês, por isso fingi que a polícia me procurava. Tudo aconteceu conforme planejado. Então me afiliei à sua loja maldita e participei de suas reuniões. Talvez digam que sou tão mau quanto vocês. Não importava o que dissessem, desde que eu pegasse vocês. Mas qual é a verdade? Na noite em que me afiliei, vocês deram uma surra no velho Stanger. Não pude avisá-lo, pois não havia tempo; mas segurei sua mão, Baldwin, quando você quis matá-lo. Quando sugeri coisas para garantir meu lugar entre vocês, eram coisas que eu sabia que podia evitar. Não consegui salvar Dunn e Menzies, pois não sabia o bastante, mas vou me empenhar para que os assassinos sejam enforcados. Avisei Chester Wilcox para que, quando eu explodisse a casa dele, ele e a família estivessem escondidos. Houve vários crimes que não consegui impedir, mas se vocês olharem para trás e pensarem quantas vezes a vítima voltava para casa por outro caminho, ou estava na cidade quando vocês a estavam procurando, ou ficava do lado de dentro quando vocês queriam que saísse, terão visto meu trabalho.

– Traidor desgraçado! – disse McGinty em voz baixa, entre os dentes.

– Sim, John McGinty, pode me chamar assim se isso diminui a sua dor. Você e os seus são os inimigos de Deus e da humanidade nesta região. Era preciso um homem se colocar entre vocês e os coitados que você manteve sob domínio. Só havia um jeito de fazer isso, e eu fiz. Você me chama de traidor, mas acho que há milhares de pessoas que me chamarão de libertador, alguém que foi até o inferno para salvá-las. Passei três meses lá. Não passaria outros três meses semelhantes nem que me dessem todo o tesouro de Washington. Tive de ficar até que tivesse tudo, todos os homens e todos os segredos, na palma da minha mão. Eu teria esperado um pouco mais, se não ficasse sabendo que o meu segredo havia vazado. Chegou uma carta à cidade que abriria os olhos de todos. Tive de agir então, e depressa. Não tenho mais nada a dizer a vocês, salvo que, quando chegar a minha hora, vou morrer mais tranquilo, sabendo do trabalho que fiz neste vale. Agora, Marvin, não vou detê-lo mais. Leve-os e acabe com isto.

Há pouco mais a contar. Scanlan recebera um bilhete fechado que deveria ser entregue no endereço da srta. Ettie Shafter, uma missão que ele aceitou com uma piscada de olhos e um sorriso cúmplice. De madrugada, uma linda mulher e um homem com um disfarce embarcaram num trem especial que havia sido mandado pela empresa ferroviária e fizeram uma viagem rápida, sem interrupções, para longe da terra do perigo. Foi a última vez que Ettie e seu futuro marido puseram os pés no Vale do Terror. Dez dias depois, casaram-se em Chicago, com o velho Jacob Shafter como testemunha de casamento.

O julgamento dos Scowrers foi realizado longe do lugar onde seus simpatizantes poderiam ter aterrorizado os guardiões da lei. Em vão eles lutaram. Em vão gastaram a rodo o dinheiro da loja – dinheiro conseguido por meio de extorsão em toda a região – na tentativa de salvá-los. O depoimento frio, claro e indiferente de uma pessoa que conhecia todos os detalhes de suas vidas, de sua organização e de seus crimes não ficou abalado diante das estratégias de seus defensores. Finalmente, depois de tantos anos, eles foram dominados e dispersados. A nuvem desapareceu para sempre do vale.

McGinty terminou seus dias na forca, humilhando-se e lamentando-se quando chegou sua hora. Oito de seus principais companheiros tiveram o mesmo destino. Outros cinquenta tiveram diferentes sentenças de prisão. O trabalho de Birdy Edwards estava no fim.

Todavia, como ele previra, o jogo não tinha acabado. Havia ainda outra rodada, e mais outra, e muitas outras mais. Ted Baldwin, por exemplo, escapara à forca; os Willabys também; e vários outros entre os mais ferozes da gangue. Ficaram separados do mundo durante dez anos, mas chegou o dia em que foram postos em liberdade – dia em que Edwards, que conhecia esses homens, sabia que seria o fim da paz em sua vida. Eles haviam feito um juramento de derramar o sangue dele como vingança por seus companheiros. E como se esforçaram em cumprir a promessa!

Foi perseguido em Chicago, depois de duas tentativas tão bem-sucedidas que tinham certeza de que o apanhariam na terceira. De Chicago foi para Califórnia, com outro nome, e foi lá que a luz da sua vida se apagou por algum tempo, quando Ettie Edwards morreu. Mais uma vez foi quase assassinado e, mais uma vez, com o nome de Douglas, trabalhou num vale solitário onde, junto com um sócio inglês chamado Barker, fez fortuna. Por fim chegou um aviso de que os cães de caça estavam atrás dele de novo e ele fugiu – em cima da hora – para a Inglaterra. Daí surgiu o John Douglas, que se casou com uma pessoa digna pela segunda vez, e viveu durante cinco anos como um cavalheiro do condado de Sussex, uma vida que terminou com os estranhos acontecimentos que ouvimos.

Epílogo

As investigações policiais haviam terminado, e o caso de John Douglas foi levado a uma corte superior. Também no tribunal de justiça foi absolvido, por ter agido em legítima defesa. "Leve-o embora da Inglaterra de qualquer jeito", escreveu Holmes para a esposa, "há forças aqui que podem ser mais perigosas do que aquelas das quais ele escapou. Não há segurança para seu marido na Inglaterra."

Passaram-se dois meses e o caso, de certa maneira, já fugia de nossa lembrança. Então, certa manhã, um bilhete misterioso chegou na nossa caixa de correio. "Meu Deus!, sr. Holmes. Meu Deus!" dizia a tal carta estranha. Não tinha nome nem assinatura. Achei graça na mensagem curiosa, mas Holmes expressou uma rara seriedade.

– Crueldade, Watson! – observou e ficou sentado por muito tempo com o rosto preocupado.

Tarde da noite, a sra. Hudson, nossa anfitriã, trouxe um recado que um cavalheiro gostaria de se encontrar com o sr. Holmes, e que o assunto era de máxima importância. Logo depois do mensageiro entrou Cecil Barker, nosso amigo da mansão fortificada. Seu rosto estava definhado e abatido.

– Trago más notícias... notícias horríveis, sr. Holmes – disse ele.

– Eu já temia – disse Holmes.

– O senhor não recebeu nenhum telegrama?

– Recebi um bilhete de alguém que recebeu um telegrama.

– É sobre o pobre do Douglas. Dizem que o nome dele é Edwards, mas para mim sempre será Jack Douglas, de Benito Canon. Contei-lhe que eles foram para a África do Sul no Palmira há três semanas.

– Exato.

– O navio chegou na cidade do Cabo ontem à noite. Recebi este telegrama da sra. Douglas hoje de manhã:

"Jack caiu no mar durante uma tempestade na costa de Santa Helena. Ninguém sabe como o acidente ocorreu.

IVY DOUGLAS."

– Ah! Foi assim então? – disse Holmes, pensativo. – Bem, não tenho dúvidas de que foi muito bem conduzido.

– Quer dizer que o senhor não acha que foi um acidente?

– De jeito nenhum.

– Ele foi assassinado?

– Com toda certeza.

– Também acho. Esses Scowrers diabólicos, antro de malditos criminosos vingativos...

– Não, não, senhor – disse Holmes. – Há um toque de mestre nisso. Não é um caso de canos serrados e armas canhestras. Pode-se reconhecer um mestre pelos detalhes. Reconheço um Moriarty quando vejo um. Este é um crime de Londres, e não da América.

– Mas por qual motivo?

– Porque foi feito por um homem que não pode se dar ao luxo de errar, alguém cuja posição importante depende do fato de tudo dar certo. Um grande cérebro e uma enorme organização empenharam-se para destruir um único homem. É como quebrar uma noz com um martelo – uma extravagância absurda de energia – mas a noz foi quebrada.

– Como o tal homem se envolveu com isso?

– Só posso dizer que a primeira palavra que chegou a nós sobre o caso foi de um de seus comandantes. Esses americanos foram bem aconselhados. Tendo um trabalho inglês para fazer associaram-se, como poderia fazer qualquer criminoso estrangeiro, com esse poderoso consultor do crime. A partir desse momento, o homem estava condenado. No início, ficaria satisfeito em usar sua máquina para encontrar a vítima. Em seguida, mostraria como o assunto deveria ser tratado. Por fim, quando lesse os relatórios sobre o fracasso de seu agente, ele próprio entraria no caso com seu toque de mestre. O senhor ouviu quando avisei o homem da mansão de Birlstone que o perigo por vir era maior do que o passado. Eu não estava certo?

Barker bateu na cabeça com os punhos fechados, num ímpeto de raiva impotente.

– Não me diga que teremos de cruzar os braços depois disso? O senhor acha que ninguém pode acabar com essa erva daninha?

– Não, não falei isso – disse Holmes e seus olhos pareciam olhar para o futuro distante. – Não disse que ele não pode ser vencido. Mas o senhor precisa me dar tempo... o senhor precisa me dar tempo!

Ficamos sentados em silêncio por alguns minutos, enquanto aqueles olhos proféticos procuravam perfurar o véu.

Coleção L&PM POCKET (Lançamentos mais recentes)

1137.**Por que você não se casou... ainda** – Tracy McMillan
1138.**Textos autobiográficos** – Bukowski
1139.**A importância de ser prudente** – Oscar Wilde
1140.**Sobre a vontade na natureza** – Arthur Schopenhauer
1141.**Dilbert (8)** – Scott Adams
1142.**Entre dois amores** – Agatha Christie
1143.**Cipreste triste** – Agatha Christie
1144.**Alguém viu uma assombração?** – Mauricio de Sousa
1145.**Mandela** – Elleke Boehmer
1146.**Retrato do artista quando jovem** – James Joyce
1147.**Zadig ou o destino** – Voltaire
1148.**O contrato social (Mangá)** – J.-J. Rousseau
1149.**Garfield fenomenal** – Jim Davis
1150.**A queda da América** – Allen Ginsberg
1151.**Música na noite & outros ensaios** – Aldous Huxley
1152.**Poesias inéditas & Poemas dramáticos** – Fernando Pessoa
1153.**Peanuts: Felicidade é...** – Charles M. Schulz
1154.**Mate-me por favor** – Legs McNeil e Gillian McCain
1155.**Assassinato no Expresso Oriente** – Agatha Christie
1156.**Um punhado de centeio** – Agatha Christie
1157.**A interpretação dos sonhos (Mangá)** – Freud
1158.**Peanuts: Você não entende o sentido da vida** – Charles M. Schulz
1159.**A dinastia Rothschild** – Herbert R. Lottman
1160.**A Mansão Hollow** – Agatha Christie
1161.**Nas montanhas da loucura** – H.P. Lovecraft
1162(28).**Napoleão Bonaparte** – Pascale Fautrier
1163.**Um corpo na biblioteca** – Agatha Christie
1164.**Inovação** – Mark Dodgson e David Gann
1165.**O que toda mulher deve saber sobre os homens: a afetividade masculina** – Walter Riso
1166.**O amor está no ar** – Mauricio de Sousa
1167.**Testemunha de acusação & outras histórias** – Agatha Christie
1168.**Etiqueta de bolso** – Celia Ribeiro
1169.**Poesia reunida (volume 3)** – Affonso Romano de Sant'Anna
1170.**Emma** – Jane Austen
1171.**Que seja em segredo** – Ana Miranda
1172.**Garfield sem apetite** – Jim Davis
1173.**Garfield: Foi mal...** – Jim Davis
1174.**Os irmãos Karamázov (Mangá)** – Dostoiévski
1175.**O Pequeno Príncipe** – Antoine de Saint-Exupéry
1176.**Peanuts: Ninguém mais tem o espírito aventureiro** – Charles M. Schulz
1177.**Assim falou Zaratustra** – Nietzsche
1178.**Morte no Nilo** – Agatha Christie
1179.**Ê, soneca boa** – Mauricio de Sousa
1180.**Garfield a todo o vapor** – Jim Davis
1181.**Em busca do tempo perdido (Mangá)** – Proust
1182.**Cai o pano: o último caso de Poirot** – Agatha Christie
1183.**Livro para colorir e relaxar** – Livro 1
1184.**Para colorir sem parar**
1185.**Os elefantes não esquecem** – Agatha Christie
1186.**Teoria da relatividade** – Albert Einstein
1187.**Compêndio da psicanálise** – Freud
1188.**Visões de Gerard** – Jack Kerouac
1189.**Fim de verão** – Mohiro Kitoh
1190.**Procurando diversão** – Mauricio de Sousa
1191.**E não sobrou nenhum e outras peças** – Agatha Christie
1192.**Ansiedade** – Daniel Freeman & Jason Freeman
1193.**Garfield: pausa para o almoço** – Jim Davis
1194.**Contos do dia e da noite** – Guy de Maupassant
1195.**O melhor de Hagar 7** – Dik Browne
1196(29).**Lou Andreas-Salomé** – Dorian Astor
1197(30).**Pasolini** – René de Ceccatty
1198.**O caso do Hotel Bertram** – Agatha Christie
1199.**Crônicas de motel** – Sam Shepard
1200.**Pequena filosofia da paz interior** – Catherine Rambert
1201.**Os sertões** – Euclides da Cunha
1202.**Treze à mesa** – Agatha Christie
1203.**Bíblia** – John Riches
1204.**Anjos** – David Albert Jones
1205.**As tirinhas do Guri de Uruguaiana 1** – Jair Kobe
1206.**Entre aspas (vol.1)** – Fernando Eichenberg
1207.**Escrita** – Andrew Robinson
1208.**O spleen de Paris: pequenos poemas em prosa** – Charles Baudelaire
1209.**Satíricon** – Petrônio
1210.**O avarento** – Molière
1211.**Queimando na água, afogando-se na chama** – Bukowski
1212.**Miscelânea septuagenária: contos e poemas** – Bukowski
1213.**Que filosofar é aprender a morrer e outros ensaios** – Montaigne
1214.**Da amizade e outros ensaios** – Montaigne
1215.**O medo à espreita e outras histórias** – H.P. Lovecraft
1216.**A obra de arte na era de sua reprodutibilidade técnica** – Walter Benjamin
1217.**Sobre a liberdade** – John Stuart Mill
1218.**O segredo de Chimneys** – Agatha Christie
1219.**Morte na rua Hickory** – Agatha Christie
1220.**Ulisses (Mangá)** – James Joyce
1221.**Ateísmo** – Julian Baggini
1222.**Os melhores contos de Katherine Mansfield** – Katherine Mansfied

1223(31).**Martin Luther King** – Alain Foix
1224.**Millôr Definitivo: uma antologia de *A Bíblia do Caos*** – Millôr Fernandes
1225.**O Clube das Terças-Feiras e outras histórias** – Agatha Christie
1226.**Por que sou tão sábio** – Nietzsche
1227.**Sobre a mentira** – Platão
1228.**Sobre a leitura *seguido do* Depoimento de Céleste Albaret** – Proust
1229.**O homem do terno marrom** – Agatha Christie
1230(32).**Jimi Hendrix** – Franck Médioni
1231.**Amor e amizade e outras histórias** – Jane Austen
1232.**Lady Susan, Os Watson e Sanditon** – Jane Austen
1233.**Uma breve história da ciência** – William Bynum
1234.**Macunaíma: o herói sem nenhum caráter** – Mário de Andrade
1235.**A máquina do tempo** – H.G. Wells
1236.**O homem invisível** – H.G. Wells
1237.**Os 36 estratagemas: manual secreto da arte da guerra** – Anônimo
1238.**A mina de ouro e outras histórias** – Agatha Christie
1239.**Pic** – Jack Kerouac
1240.**O habitante da escuridão e outros contos** – H.P. Lovecraft
1241.**O chamado de Cthulhu e outros contos** – H.P. Lovecraft
1242.**O melhor de Meu reino por um cavalo!** – Edição de Ivan Pinheiro Machado
1243.**A guerra dos mundos** – H.G. Wells
1244.**O caso da criada perfeita e outras histórias** – Agatha Christie
1245.**Morte por afogamento e outras histórias** – Agatha Christie
1246.**Assassinato no Comitê Central** – Manuel Vázquez Montalbán
1247.**O papai é pop** – Marcos Piangers
1248.**O papai é pop 2** – Marcos Piangers
1249.**A mamãe é rock** – Ana Cardoso
1250.**Paris boêmia** – Dan Franck
1251.**Paris libertária** – Dan Franck
1252.**Paris ocupada** – Dan Franck
1253.**Uma anedota infame** – Dostoiévski
1254.**O último dia de um condenado** – Victor Hugo
1255.**Nem só de caviar vive o homem** – J.M. Simmel
1256.**Amanhã é outro dia** – J.M. Simmel
1257.**Mulherzinhas** – Louisa May Alcott
1258.**Reforma Protestante** – Peter Marshall
1259.**História econômica global** – Robert C. Allen
1260(33).**Che Guevara** – Alain Foix
1261.**Câncer** – Nicholas James
1262.**Akhenaton** – Agatha Christie
1263.**Aforismos para a sabedoria de vida** – Arthur Schopenhauer
1264.**Uma história do mundo** – David Coimbra
1265.**Ame e não sofra** – Walter Riso
1266.**Desapegue-se!** – Walter Riso
1267.**Os Sousa: Uma famíla do barulho** – Mauricio de Sousa
1268.**Nico Demo: O rei da travessura** – Mauricio de Sousa
1269.**Testemunha de acusação e outras peças** – Agatha Christie
1270(34).**Dostoiévski** – Virgil Tanase
1271.**O melhor de Hagar 8** – Dik Browne
1272.**O melhor de Hagar 9** – Dik Browne
1273.**O melhor de Hagar 10** – Dik e Chris Browne
1274.**Considerações sobre o governo representativo** – John Stuart Mill
1275.**O homem Moisés e a religião monoteísta** – Freud
1276.**Inibição, sintoma e medo** – Freud
1277.**Além do princípio de prazer** – Freud
1278.**O direito de dizer não!** – Walter Riso
1279.**A arte de ser flexível** – Walter Riso
1280.**Casados e descasados** – August Strindberg
1281.**Da Terra à Lua** – Júlio Verne
1282.**Minhas galerias e meus pintores** – Kahnweiler
1283.**A arte do romance** – Virginia Woolf
1284.**Teatro completo v. 1: As aves da noite *seguido de* O visitante** – Hilda Hilst
1285.**Teatro completo v. 2: O verdugo *seguido de* A morte do patriarca** – Hilda Hilst
1286.**Teatro completo v. 3: O rato no muro *seguido de* Auto da barca de Camiri** – Hilda Hilst
1287.**Teatro completo v. 4: A empresa *seguido de* O novo sistema** – Hilda Hilst
1288.**Sapiens: Uma breve história da humanidade** – Yuval Noah Harari
1289.**Fora de mim** – Martha Medeiros
1290.**Divã** – Martha Medeiros
1291.**Sobre a genealogia da moral: um escrito polêmico** – Nietzsche
1292.**A consciência de Zeno** – Italo Svevo
1293.**Células-tronco** – Jonathan Slack
1294.**O fim do ciúme e outros contos** – Proust
1295.**A jangada** – Júlio Verne
1296.**A ilha do dr. Moreau** – H.G. Wells
1297.**Ninho de fidalgos** – Ivan Turguêniev
1298.**Jane Eyre** – Charlotte Brontë
1299.**Sobre gatos** – Bukowski
1300.**Sobre o amor** – Bukowski
1301.**Escrever para não enlouquecer** – Bukowski
1302.**222 receitas** – J. A. Pinheiro Machado
1303.**Reinações de Narizinho** – Monteiro Lobato
1304.**O Saci** – Monteiro Lobato
1305.**Memórias da Emília** – Monteiro Lobato
1306.**O Picapau Amarelo** – Monteiro Lobato
1307.**A reforma da Natureza** – Monteiro Lobato
1308.**Fábulas *seguido de* Histórias diversas** – Monteiro Lobato
1309.**Aventuras de Hans Staden** – Monteiro Lobato
1310.**Peter Pan** – Monteiro Lobato
1311.**Dom Quixote das crianças** – Monteiro Lobato
1312.**O Minotauro** – Monteiro Lobato

IMPRESSÃO:
PALLOTTI
GRÁFICA
Santa Maria - RS | Fone: (55) 3220.4500
www.graficapallotti.com.br